アルバムの中の微笑み
Cure cube　原作
此花咲耶　著
逸架ぱずる　原画
PARADIGM NOVELS 79

登場人物

香川《かがわ》五月《さつき》　弓道が得意の、お転婆娘。父親に征一郎との結婚を強引に進められ…。

間宮《まみや》征一郎《せいいちろう》　巴里《パリ》で西洋美術を学んでいた。だが急遽帰国し、学校の臨時講師となる。

長篠宮《ながしのみや》椿《つばき》　名門華族「長篠宮家」の三女。成績もよく、立ち振る舞いも完璧なお嬢様。

桜木《さくらぎ》霞《かすみ》　征一郎に仕えているメイド。つねに征一郎のそばにおり、陰から支えている。

菅平《すがだいら》柚子《ゆず》　幼い容姿をしている、無邪気な女の子。両親共忙しく、あまり家にいない。

逢沢《あいざわ》彩菜《あやな》　文武にたけている少女。将来は職業婦人を目指しており、父親と仲が悪い。

第3章　彩菜

第4章　柚子

第6章　五月

目次

プロローグ

寝室には、しめった暑い空気が満ちていた。

おびただしい装飾に埋め尽くされた室内。なめらかなラインのサイドボードや巨大なグランドファーザークロック、天使の彫刻に飾られたベッドは、ブルボン朝にその頂点を極めたフランス家具の逸品だ。

窓には厚いカーテンがひかれ、まだ夕暮れの日ざしをさえぎっていた。

「あ……あ、ふぅ……」

その閉ざされたむし暑い空気の中に、さらに熱い、かすれた声が響く。

半透明のカーテンに覆われたベッドでは、全裸の男と女がからみあっている。

「あ、あ、いい——悦《い》い、そこ……！」

限界まで大きく開かれた女の両脚を抱え、その付け根に男が顔をうずめている。

「ああっ！　あ、悦いわ……！　そう、そこ、そこなのぉ……っ！」

「——ここ、ですか？　それとも、こう……？」

「ああんっ！　あん、いいいぃっ！　もぉ、だめえっ!!」

男の頭が小さく動き、猫が水を飲む時のようないやらしい音が小さく聞こえるたびに、女のかすれた甘ったるい声が響く。

やがて女は、はあはあと荒い息をつきながら身体を起こした。

「ねえ、今度はあたくしにさせて——」

プロローグ

「え？」

「だ、め。じっとなさってて」

くくく……と、鳩《はと》のように女が笑う。上半身を起こそうとした男の肩を、彼女の手がシーツの上に押し戻した。

「今度はあたくしの番でしょ？　ね？」

そして女は、男の身体の上に顔を伏せた。

首すじから鎖骨へ、胸へ、女はちゅ、ちゅ、とついばむ音をさせて、キスをすべらせていく。濡《ぬ》れた熱いキスは、やがてさらに下へ降りていった。

「あ……うっ！」

口紅に飾られた唇が、男のものを先端から呑《の》み込んだ。

熱い舌がねっとりとからみ付き、一〇本の指がばらばらに動いて絶妙の強さで男を根本から締めつける。上から下へ、下から上へ、さらに周囲をめぐるように、舌がはい回る。

そのたびに、男の腰椎《ようつい》をぞくぞくと熱い衝撃が走った。

「うぅ――く、ううっ！」

「ふふ……。悦い？　ねえ、どうなのかしら？」

「い、悦いですよ――すごく、いい……っ！」

猛《たけ》りたつものをくわえたまま、女がくぐもった言葉をかける。その振動すら、男の分身を激しく刺激するのだ。

「だ、だめだ！　これ以上は……もう、出てしまう！」

「ああん！　だめよ、まだいってはだめ！」

男が思わず顎《あご》をのけ反らせると、女は慌てて唇を放した。

「ね……。こっちでしょ。いく時は、こちら……」

そのまま女は男の腹の上に乗った。

そそり立つ熱い欲望に手を添え、濡れそぼった自分自身の花びらに導く。

「こちらのほうがいいでしょ？　ね、あなたも……」

「え、ええ――」

「あたくしも、もう待てないわ……」

シーツの波の中に仰向けになった男を組み敷くように、女は腰を下ろしていった。熱い切っ先が花びらに触れ、蜜《みつ》をかきわけてすべり込む。

「ああんっ！　熱いぃっ！」

女は、一気に身体を沈めた。

高い天井に淫《みだ》らな濡れた音が響きわたる。

「あああんんっ！　あっ！　ふ、深いぃっ！」

「うわ……っ！　凄《すご》い、締まる……っ！」

プロローグ

「そう……そこ！　そこ、悦い！　あ、当たるのお！　当たるの、奥に……！　いいっ、もっと――もっと、突いてッ！」

二人の身体が激しく揺れ動いた。結びついた部分をさらに強く男の肌に擦《こす》りつけながら、女はそれでもまだ足りないと言うかのように、両手で自分の乳房をわしづかみにし、もみしだく。紅色に尖《とが》った胸の先端にきりきりと爪《つめ》をたて、高らかな声をあげた。

口紅に飾られた唇は、あふれ出した唾液《だえき》に濡れ、なまめかしく光っている。普段は青白いほどの頬《ほお》にも興奮の血がのぼり、桜色に染まっていた。酔ったように焦点の定まらない瞳が、何ともいえず色っぽい。

「ああ、悦い！　いい、もう――もうッ！」

「いきそう、ですか？」

「ええっ！　いきそう、いきそうなのッ！」

低く、からかうような男のささやきに、女は大きく身をよじる。

つらぬかれた秘所からあふれ出す快楽の蜜は、黒く濃い茂みから、ぬめるような白い腿《もも》、その下にある男の肌までをもべったりと濡らしていた。

くちゃ、くちゃと粘ついた音がする。女が腰を使うたび、二人の肌の間にねっとりとした蜜が透明な糸をひく。

「も、もうだめ、だめよ、あたくし……っ！　ああっ！　も、もう、いくのッ！」

綺麗《きれい》に磨かれた女の爪が、男の肩から胸にかけてを激しくかきむしる。

「ああん、あんっ！　お、お願いよ！　一緒に、一緒にいって……！」

「ええ、ぼくも、もう——！」

うわずった声で答え、男は女のウェストをつかんだ。

灼熱《しゃくねつ》の塊をくわえ込んだ花びらがきゅ、きゅっとそれを絞りあげる。

「く、う……っ。き、きつい……っ！」

男も、快楽の本能のまま、下から腰を突きあげる。濡れそぼった秘花に埋め込まれた男の欲望が、より深く激しくそこをえぐり、つらぬく。

「ひあっ！　だ、だめ、そんな、強い——強すぎるぅっ！」

深々と突きあげられ、白い腰が思わず浮きあがる。けれど男の手はそれをさらに自分の上へ引き戻し、叩《たた》きつけ、逃げることを許さない。

「ああ、あ……くああっ！　ああ、い、いくわ、いく、あたくし——いくううッ！」

「いきなさい、ほらっ！　思いっきりいってごらんなさいっ！」

「ああ、いく、いくうっ！　いっちゃうううううッ‼」

ひときわ高く、悲鳴が響きわたる。

白い身体ががくんと揺れた。頭が激しく振られ、ゆるやかなシニヨンにまとめていた豊かな黒髪がほどけて宙に舞い散る。

プロローグ

「ああ、く、ああっ！　ああ、い、ひいいいい——ッ!!」

女は泣き叫んだ。

二人の快楽が噴きあがった。

絶頂を迎えた肉体が、機械仕掛けの人形のようにがくがくと痙攣《けいれん》する。

男を呑み込んだ秘所がきりきりと収縮した。

「う、ううっ！」

今までにない力で引き絞られ、男もたまらず声をあげる。腰椎から眉間《みけん》まで、突き刺されるような快楽が駆け抜ける。

そして、溶けそうに熱い肉の中に、それ以上に熱く煮えたぎる自らの欲望を噴出した。


「ああ、暑い……」

白いのどをのけぞらして、彼女はカットグラスの水を飲み干した。

薄いガウンをすかして、豊かなボディラインが浮きあがって見える。熟しきって蜜のしたたる果実のようだ。

すべてをあらわにするよりも、こうして半透明の布地で少しだけ隠してみせるほうが、男の好奇心や欲望をより強く刺激する。

ガウンの裾《すそ》を長く引きずり、彼女は重たいカーテンに閉ざされた窓に近づいた。カーテンの向こう、巴里《パリ》の街はすでに夜の風景だ。けれどけして眠らない街の輝きが、彼女の姿をはっきりと照らし出している。

本能のままに絡みあっている時よりも、こうして快楽の後の気怠《けだる》さにひたっている彼女のほうが美しく見えると、征一郎《せいいちろう》はふと思った。

「なぁに？」

ベッドに横たわったままじっと自分を眺めている征一郎の視線に気づき、彼女は振り返った。

「いえ、別に」

「おかしな方ね。あたくしの顔がそんなに珍しいのかしら？　たいがい見飽きた頃でしょうに」

「そんなことないですよ。何度お会いしても、どれだけ見ても、あなたの美しさは飽きません、マダム」

征一郎は、彼女の名前も日本での身分も知っている。けれどそれを口にすることは、彼女自身がひどく嫌がるのだった。本当の名前で呼ばれると、まるで日本での過去に縛りつけられるようだと。

「あたくしは何もかも捨ててきたの。日本での生活も家族も、名前も。だからあなたもそれを思い出させるようなことは言わないでちょうだい」

だから征一郎も彼女を名前で呼ぶことはまったくない。いつも「マダム」とか「あなた」とか、曖昧《あいまい》な呼びかけですませてしまう。そして彼女と会う時はいつも二人きり、他には誰もいないので、それで充分なのだ。

彼女の生きざまに、巴里ほどふさわしい街はない。この街でなら、どんな歓びでも手に入る。この街で操正しい生活を送るのは、愚か者のすることだ。

たしか彼女は、子供を生んだことがあると聞いている。だが彼女のボディラインはいまだに優雅な曲線を保ち、つんと尖った胸の形も若い時そのままだ。

もっともその子供とも夫とも、彼女はここ何年も顔をあわせておらず、手紙のやりとりすら途絶えがちらしいのだが。

「でも、だからこそあなたとこうして楽しいことをしていられるのでしょう？　征一郎さん」

いつも、彼女はそう言って笑う。

「楽しみましょう。ここは日本じゃない、快楽と芸術の都、巴里なのですもの」

そうして自分の胸にやわらかくもたれかかってくる彼女の身体を、征一郎はいつも受け入れてきたのだった。

「ベニスの飾り窓の女も、巴里の高級娼婦の技巧も悪くないけれど、やはりぼくは日本の女がいい。あなたがそう思わせてくださったんですよ、マダム」

西洋の白い肌は遠くから見れば透けるように美しいが、実際に触れてみればその肌理《きめ》の細かさは東洋の女に到底かなうものではない。そして食生活の違いからくる、どうしても慣れることのできないきつい体臭。

そういったものにうんざりし始めていた時に、征一郎はこの、日本から来た貴婦人と出会ったのだ。彼女もまた西洋の男たちに飽きていたのか、外国でなつかしい日本語で話しあえる安心からか、二人が肉体関係を持つようになるまで、ほとんど時間はかからなかった。

「あらあら……。なんてお上手なお口。あなた、巴里までいらして絵や美術ではなく、おべんちゃらばかりお勉強していたんじゃなくて？」

彼女はベッドサイドへ戻り、年若い愛人の整った口元を指先で軽くつついた。

「あら……これ」

彼女の指が、ふと征一郎の胸元へ降りる。

綺麗に整えられた爪が、そこにあった細い銀の鎖をつまみあげた。

「いつもつけてらっしゃるのね、このロケットペンダント」

精密な細工に飾られた小さな銀の首飾り。楕円形《だえんけい》のペンダントヘッドは横の掛け金をはずすと蓋《ふた》が開き、そこに写真や細密画がはめ込めるようになっている。

「ここに入ってらっしゃるのは、どなた？」

彼女はいたずらっぽく笑い、ペンダントを振ってみせた。

「さあ……」

征一郎も曖昧に笑ってごまかす。

「見せていただけないの？」

「つまらないものですよ」

彼女の手から鎖をそっと取り、征一郎はペンダントを元通り胸元におろした。けれどその仕草は、つまらないと言った言葉とは裏腹に、ひどく丁寧で、大切ないとおしいものを扱う時の優しげな手つきだった。

そしてシーツの海から身を起こし、ベッドを降りる。

「あら？　もうお帰りなの、あなた？」

床に脱ぎ散らかしてあった衣服を拾い、身につけはじめた征一郎に、彼女は甘えた声をかけた。

「今夜はずっと一緒にいてくださるのじゃなかった？」

「ぼくがそうお願いしたら、朝は一人でゆっくり眠っていたい、早く家へ帰ってと言ったのは、あなたのほうでしょう？」

「あら、そうだったかしら」

やがて身支度を整えた征一郎を、彼女はもう引きとめようとはしなかった。

「おやすみなさい、征一郎さん」

「おやすみなさい。またお手紙をさしあげますから」

西洋式の抱擁とキスの挨拶《あいさつ》を交わし、征一郎は女主人の寝室を後にした。

プロローグ

街はまだ、日中の熱気を少しとどめていた。急ぎ足で歩いていくと、うっすらと汗ばんでくるようだ。人々もまだ寝床に入る気にはなれないようで、青白く輝く瓦斯燈《ガスとう》の下には、美しく着飾った大勢の男女が行き交っていた。

この街の夏は、日本のそれよりも暑い。冷たい風を吹き下ろしてくれる高い山がないからだろうか。

シルクハットで顔を隠すようにしながら、征一郎は細い歩道を歩いていく。この頃は珍しくなくなってきた自動車や、それでもまだ活躍している大型馬車などが忙しなく行き交う大通りをそれ、建物と建物が肩を寄せあっているような一画へと向かう。比較的裕福な学生の下宿や、若い貴族などが領地の館の他に巴里での住居として借りるアパルトマンが並ぶあたりだ。

その中の一室に、征一郎は入っていった。

「おや……」

深夜だというのに、室内にはあたたかなオレンジ色の光が灯されていた。オイルランプの灯りだ。

「お帰りなさいませ、征一郎様」

可愛《かわい》らしい声が響く。

「……霞《かすみ》」

征一郎は短く名を呼んだ。

その声に答えて、小さな愛らしい姿が征一郎に近づいてくる。堅い床なのに、足音もほとんど聞こえない。

ランプの揺れる灯りに照らされて、藍色のワンピースに身を包んだ少女の姿が浮かびあがる。

ワンピースの上には糊《のり》のきいた真っ白なエプロン、スカートはコットンのペチコートでふんわりとふくらませている。衿《えり》には征一郎が与えたピーチイエローのリボンタイが揺れていた。

しっとりと黒く、青みがかって見えるほどの髪は、肩にかかるあたりですっきりと切りそろえられ、白い小さな卵形の輪郭を優しくつつんでいた。

それをまとめる白いフリルつきのカチューシャは、彼女が征一郎に仕える身分であることを示している。

桜木《さくらぎ》霞。征一郎が巴里に来る以前からずっと、彼のそばに仕えていたメイドの少女。慣れない異国に一人きりで留学することになった征一郎に、真っ先に同行することを申し出たのも彼女だった。

「まだ起きていたのか。先に寝ていなさいと言ったのに」

「そんな……。征一郎様より先に休むことなど、できません」

控えめに答える声には、けれどけして曲げることのできない強さがひそんでいる。

この娘は、いつだってそうだ。窓ぎわには木の椅子《いす》と、やりかけのつくろいものがある。きっと征一郎が行儀悪くかぎ裂きを作ってしまったシャツをつくろいながら、窓の外を常に確かめ、彼の帰りを待っていたのだろう。

その献身は、受ける立場の征一郎から見ても、単なる主従の関係を越えてもっと熱心な何かを秘めているように思えた。それが何であるのか問いただしたことは、一度もないのだが。

そんな必要もないだろうと、征一郎は思っていた。

「あの、征一郎様」

霞が、ためらいがちに征一郎を呼んだ。

髪と同じ色の大きな瞳が、潤んだように征一郎を見あげている。紅をさしているわけでもないのに、花びらのように赤い唇が、少しもの言いたげに揺れていた。

「どうした？　霞」

「はい。——征一郎様、これを」

サイドボードに置かれた封書を、霞はそっと差し出した。

「大旦那様《おおだんなさま》から、お手紙でございます」

「……親父から？」

少し黄ばんだような色の封筒を受け取り、征一郎は裏返して差出人の名を確かめた。素っ気ないタイプ印字。住所はいつもどおり、自宅ではなく倫敦《ロンドン》にある父の会社だった。つまり血をわけたたった一人の息子に出す手紙ですら、あの父にとってはビジネス文書であるわけだ。

「親父が今さら、何を——」

どうせまたいつもの小言だろうと、征一郎は開けもせずに放り出そうとした。けれどわずかにとがめるように眉《まゆ》を寄せる霞の表情に気づき、

「はいはい……。わかったよ」

仕方なくペーパーナイフを手に取る。

その中にあった簡略な手紙と、そして長い船旅の切符とが、これから自分と、そして霞との運命をさだめるものだなどとは、その時の征一郎には思いもよらなかった。

第1章　菊咲月《きくさきづき》

久しぶりに踏みしめた大地は、船上の感覚が抜けきれないのか、まだ少しふわふわと揺れているようで、とても頼りなかった。

港の水面は午後の日ざしを強烈にはねかえし、金色に光るプレートのようだ。

海から吹いてくる潮風が、べたべたと身体にまとわりつく。

「暑いのですね、日本もまだ——」

うしろから、細いため息のような声が、征一郎の感想を代弁するように呼びかけた。

「霞」

征一郎はふりかえった。

「霞、大丈夫か」

「はい。陸にあがりましたら、だいぶ楽になりました」

と答えたものの、霞のほほはまだ紙のように白い。閉めきった船室のよどんだ空気にあたって、船酔いしてしまったのだ。特別料金を支払う一等船室でも、窓は安全のため開かないようになっている。甲板に出れば、残暑のこの強烈な日ざしと照り返しだ。

「暦じゃあもう秋だから、日本はとっくに涼しくなっていると思っていたんだがな」

「ええ。ですが、紅海や印度《インド》のあたりよりはましですわ」

「そりゃあそうだ」

せいいっぱいの空元気を見せる霞に、征一郎もムリをして笑ってやる。本当はもう少しラクをしてくれてもいいのに、と思うのだが。

巴里《パリ》から日本への船旅をする、と決まった時、この娘は最初、自分は三等船室に乗ると言いはっていた。

「霞はメイドでございます。征一郎様と同じ一等船室を使うなんて、許されません」

「馬鹿を言うな。巴里でも倫敦《ロンドン》でも、霞は俺と同じ屋根の下にいたじゃないか」

「それとこれとはお話が違いましょう。霞のために一等料金をお支払いいただくわけにはまいりません。霞はほかの方々と同じ、三等船室でけっこうでございますから」

「三等は船室なんてものじゃない。あれは船倉だ。窓もない汚い部屋に何十人も押し込められるんだぞ。カイコ棚みたいな、寝返りもうてないベッド一つきりで！　そんなところに三ヶ月も入っていてみろ、大の男だって病気になる」

「でも……!!」

この娘は、妙なところで頑固なのだ。

「じゃあなにか？　俺は、タオルを一枚出してもらうにも、ひげ剃《そ》りのシャボンを泡立ててもらうにも、いちいち三等船室まで霞を呼びに行かなければならないのか？」

「え……」

「まさか、船内でも毎日歩かなければ健康に悪いとでも、言うんじゃないだろうな」

「い、いいえ、そのようなことは……」

「だったら決まりだ。霞は俺と同じ船室に入るんだ。さいわい、親父が予約した船室には、主寝室のほかに予備の部屋がついているようだ。霞はそっちを使えばいい」

「はい……」

「なにせ俺は、霞がいなければ靴下一枚、満足にさがせないんだからな」

征一郎が大げさにため息をついてみせてようやく、霞も微笑《びしょう》を浮かべたのだった。

そうして、長い旅が始まった。

六月に巴里を出立し、陸路でカレーの港へ出る。そこから出る客船で、地中海、スエズ運河と抜け、印度亜大陸をまわり、マカオ、上海と巡ってきて、三ヶ月後の今日、ようやく二人は故国の土を踏んだのだ。

「変わったな――」

幼い日、日本を離れた時も、この港の丘港から旅立った。

父に手を引かれて乗り込んだ客船から見下ろした港は、かろうじて桟橋と堤防があるだけの、小さな小さな港だった。水深も浅く、外国からの大型汽船は船底がつかえて入港できないため、沖に停泊して、はしけ船で人や荷物を往来させるしかなかった。

それが今は、大規模な工事が行われ、地球を半周できる巨大な豪華客船も、直接桟橋に横付けできる。

港の西半分には、高いレンガ塀に囲まれたものものしい建物がそびえていた。

「あれは……」

見覚えのない建物に、霞が首をかしげる。

「おそらく、海軍の設備だろう」

「まあ……。港の丘港に海軍さんがいらっしゃいますの」

「ああ。先の露西亜《ロシア》との戦争では、この港からもたくさんの戦艦が出陣したそうだ」

東洋のちっぽけな未開の国にすぎなかった日本が、老いたりとはいえ世界にその名をとどろかせていた大ロシア帝国と戦い、しかも勝利をもぎ取った、あの戦争。それによって日本は、名も知れぬ小国から、一気に世界のひのき舞台へおどり出たのだ。——征一郎が、父・平蔵《へいぞう》からいやというほど聞かされた訓話のひとつだ。

先人たちの労苦をむだにするな。同胞が血を流して勝ち取った国益を守り、さらに拡げるのだ。それが父の口ぐせだった。

間宮《まみや》貿易は当初、日清・日露の戦争の際、軍需物資を調達するための日本政府の商業窓口として、倫敦にもうけられた出先機関だった。それが戦争後、政商だった間宮平蔵に払い下げられ、貿易会社として新たに出発することとなったのだ。本社は他の政商とは違い、今も倫敦にある。

間宮貿易が設立されてすぐに、平蔵はまだ幼かった息子を倫敦へ連れてきた。たった一人の男の子を自分の手元に置いて、立派な後継者に育てようとでも思ったのだろう。

だが、最終的に征一郎が学んだのは、油彩を中心とする西洋美術だった。商売でも軍事でも外交でも、征一郎は才能を発揮することができなかったのだ。

巴里で絵を学びたいと言い出した征一郎を、父は別に叱《しか》りもしなかった。この時すでに平蔵は、自分の息子の才能に見切りをつけ、間宮貿易を継がせることをあきらめていたのかもしれない。

その後も父は、学費だけはたっぷりと送金してくれたが、それ以外は征一郎がどこで何をしていようと、まったく関心がないようだった。

そして征一郎は、ドーバー海峡を越えた。

花の都とうたわれた、巴里。王政時代はヨーロッパ文明の粋を集めて飾られ、革命とその後の混乱期にはあまたの人血がギロチン台にあふれてその地面を濡《ぬ》らした。そしてハプスブルグの皇太子夫妻暗殺に端を発した、あの世界中を巻き込んだ怖ろしい大戦が終わると、巴里は一時忘れていた華やかさと、その奥にひそむ熱っぽい退廃とを、すぐに思い出したのだ。

征一郎も、巴里の哲学に従っていた。美しい女たちに囲まれ、官能の楽しみを充分に味わい、それ以外のことはすべて頭から追い出す。

遊び疲れて住まいに戻れば、献身的に尽くしてくれる霞がいる。

これで自分は幸福なのだ、と思っていた。

自分は父のように、混乱する国際社会を勝ち抜き、巨大な会社組織を支えていく技量などない。それよりはこうして、父からも間宮貿易からも忘れられて、ただ好きなことだけをして、平穏に生きていくのがふさわしい。

ずっとこうして、安楽に生きていけると、思っていたのだ。

三ヶ月前、父が突然、日本へ帰れと命じてくるまでは。

「征一郎様……征一郎様」

うしろからそっと声をかけられ、ようやく征一郎ははっと気づいた。

かなりの時間、ぼーっとつっ立って物思いにふけっていたらしい。

「あの、征一郎様……」

ふり返ると、霞が心配そうな顔をして彼を見つめている。

「あ、ああ――。すまないな。ついなつかしくて……」

「そうでございましょうね。征一郎様はご幼少の頃、こちらの港のそばでお暮らしだったとか……。義父から聞いております」

「巽吉《たつきち》のじいか」

その名前にも、なつかしさを感じる。平蔵が間宮貿易を設立する以前から、東京にある間宮家の本宅を取り仕切っている老執事だ。子供に恵まれず、長年連れ添った老妻と死別したのち、やはり家族と呼べる存在がほしかったのか、身寄りのなかった霞を養女としてひきとったのだという。

「暮らしてたなんてものじゃないさ」

征一郎はふっと笑う。

「ほんの数ヶ月、父の知人の家に預けられていただけだ。母が死んですぐの頃さ。父は一足先に渡欧し、会社の設立準備をしていた。それが終わるまでの、本当に短い間だったよ」

「お母様が……。さぞ、おさみしいことでしたでしょうね」

霞は、まるで自分が同じように親から置き去りにされた子供のような、哀《かな》しそうな瞳をしていた。

いいや、さみしくはなかったよ――そう言おうとした声が、喉《のど》の奥で消えてしまう。

一瞬、胸の奥をよぎる面影。そして、熱っぽい痛み。

顔も知らない大人ばかりに囲まれて、不安だったあの頃。手をのばしても、声をあげても、誰も彼をふり向いてはくれなかった。

その中で、たった一人。

征一郎に触れてくれた、優しい手。

それは彼自身の手よりもさらに小さく、頼りなく、けれどあたたかかった。

その手がいつもそばにいてくれたから、見知らぬ人間の中に置き去りにされても、けしてさみしくはなかった。

独りぼっちではないと、感じていられた。

思い出せばいつも、胸の奥が痛む。

征一郎は衣服の上からそっと胸元を押さえた。そこにある、銀のロケットペンダントを。それに収められた、古い小さな写真を。

「いや……どうかな。ほんの子供の頃の話さ。よく覚えていないよ」

征一郎はやがて顔をあげ、精一杯明るい笑みを見せた。

「霞なんか、まだ生まれてもいない頃だぞ」

「そんなことはありません。わたしだってとうに生まれておりました」

「おや、そうかい？　じゃあまだ、おぎゃあおぎゃあと泣いていた頃だな。少なくとも、おむつは取れちゃあいまい」

「まあ、征一郎様！」

からかわれ、霞はほほを桜色に染める。それを眺め、征一郎は明るく笑った。

「――さて、と。いつまでもこんなところで、ぼーっとしちゃいられないな。霞、そのへんで車をつかまえてきてくれ」

「はい、かしこまりました」

やがてたくましい壮年の車夫が引く人力車が、征一郎の前に停まった。

「へい、どちらまで」

「この住所にやってもらいたいんだが、わかるかな」

人力車に乗り込みながら、征一郎は紙に書かれた住所を示した。それは、父の手紙に記されていたものだった。日本に着いたらまず、ここへ行くようにと。

「ああ、香川《かがわ》様のお屋敷でございやすね。へい、わかりやすとも！」

車夫は大きくうなずいた。額のはちまきを締め直し、車の長柄《ながえ》を握る。

「そんじゃあ、めえりやすよ！」

そして威勢良いかけ声とともに、人力車が走り出した。


やがて二人を乗せた人力車は、見事な冠木門《かぶきもん》の前に停車した。

「ご苦労さん」

車夫に余分な酒手《さかて》をはずみ、征一郎は人力車を降りた。

瓦屋根の乗った壮麗な冠木門と、そこからつらなる白い漆喰《しっくい》のなまこ塀。その奥からは緑濃い松が美しい枝振りをのぞかせている。

門の表札には、車夫に指示したとおり「香川」とあった。

征一郎は正門を叩《たた》かずに、脇にあるくぐり戸を抜けようとした。

「こっちだ、霞」

「え……。は、はい」

「いいんだよ。どうせこの門は開きやしない。何か祝い事でもない限り、閂《かんぬき》が降ろされっぱなしになっているんだ」

戸惑いながらも、霞も征一郎のあとに従い、くぐり戸から塀の中へと入った。

「征一郎様はよくご存じなのですか？　このお屋敷のこと……」

「ああ、まあね」

「あ……！　もしかして、昔、征一郎様がいらしたお屋敷って――」

「そうだよ。この家さ」

塀の外の喧噪《けんそう》とはうってかわって、門の中は風格のある静けさに満たされていた。

広い庭に目をやり、征一郎はふとため息をつく。

「ここは変わってないな、何にも……」

よく手入れされた庭木と、澄んだ水をたたえる人工の池。それを取り巻く庭石の数々は、仏の思想を示すという。典型的な日本古来の造園だ。時折り、かこん……と鹿威《ししおど》しのすずやかな音が響く。

母屋の屋根に覆いかぶさるように枝をのばし、勇壮な姿を見せている松の古木に、征一郎は目を向けた。

「この樹も、昔のままか……」

やがて二人の来客の姿に気づいた使用人が、あわてて渡り廊下から降りてきた。

「もうしわけございません、気づきませんで――！」

あらかじめ来客があることを主人から言われていたのか、使用人はすぐに二人を客間へと案内した。

「あ、あの、私は――」

征一郎とともに客間へ連れてゆかれそうになり、霞はあわてて小さく声をあげた。自分はこの家の使用人たちと同じく、台所かそれに近い部屋で良いと言おうとしたのだろう。

「いいんだ、霞」

征一郎は、短くそれをさえぎった。

「ですが、征一郎様……」

「いいから俺のそばにいなさい」

「はい――」

それ以上は何も言わせない、といった征一郎の強い口調に、霞もためらいながら口を閉ざした。

そんな二人の様子に香川邸の使用人は奇妙な顔をしながらも、黙って客間の戸を開けた。

二人が通されたのは、床の間を備えた書院造りの立派な和室だった。畳の一部に炉が切ってあるところを見ると、別棟になっている茶室のほかに、ここでも茶の湯を楽しむことがあるらしい。

「ただいま主を呼んでまいりますので、こちらでしばらくお待ちくださいませ」

けれど、簡単な茶菓が運ばれたあとは、客間へ足を運ぶ人間はしばらく現れなかった。

遠く、鹿威しの音だけがかすかに響いてくる。

「遅いな――」

征一郎がつぶやくと、霞も少し不安そうな表情を見せる。

懐中時計で確かめると、香川邸に到着してからすでに一時間近くが経っていた。

「わたし、ちょっと様子を見てまいりましょうか？」

「いや、いいよ。それより、少し外に出よう」

慣れない正座で足がしびれた、と征一郎は笑って立ちあがった。

「では、わたしはここで、誰かお見えになるまでお待ちしております」

「そんなに気をつかうこともないさ。一緒においで、霞」

「でも――」

「いいから。これだけ放って置かれているんだ、少々の行儀悪さは大目にみてもらえるさ」

まだためらう霞の手を引くようにして、征一郎は客間を出た。

廊下がわりの縁側の下には、庭へ出るためのゲタが置かれている。

縁側を降り、ゲタをつっかけて庭へ出る。

庭のほぼ中央には、塀の外からも見えた深緑の松の古木が、濃い影を落としていた。

「よし、ひさしぶりに木登りでもしてみるか！」

「えっ⁉　い、いけません、征一郎様‼」

「大丈夫だよ。子供の頃はよくこの樹に登って遊んでいたんだぞ」

「おやめください、征一郎様。危のうございます！」

縁側に残っていた霞が、思わず悲鳴のような声をあげた。

「そこで見ててごらん、霞」

征一郎は霞に笑いかけると、いたずら坊主のようにぽんぽんとゲタを脱ぎとばした。暑苦しいツイードのジャケットも脱いでしまう。

そしてワイシャツの袖《そで》をまくりあげ、

「それっ！」

かけ声とともに、横へ大きく張り出した松の枝に飛びつく。

「征一郎様！」

「そんなに心配するな。俺の腕を信じろって。いや、足かな、この場合は」

素足をごつごつした松の幹にかけ、征一郎は樹木を登っていった。昔より身体は重くなっているが、それでも何とかバランスを取り、最初に手をかけた太い枝の上へ上半身を引きあげる。

「よいせ……っと！」

鉄棒の要領で、征一郎は枝の上に足をかけた。

「ああ——いい眺めだ。やあ、港が見えるぞ、霞！　俺たちが乗っていた客船も見える！」

丘の上から渡ってくる冷たい風、水平線が照り返すやわらかな光。何もかもが、征一郎の遠い記憶にある風景そのままだった。

違うのは、隣の枝にあのはずんだ息づかいが聞こえないこと。

——ねえ、征一郎。約束よ。

はしゃいだ、高く可愛《かわい》らしいあの声。征一郎、約束よ。またこの樹にのぼりましょ。いっしょにね。２人、いっしょにね。

征一郎はまた、衣服の上から肌につけたロケットペンダントを押さえる。

あの声は、もう聞こえないのだ——。

さらに征一郎が、枝の上に立ちあがろうとした時。

「そこで何をしてるの!!」

高く鋭い声が、飛んだ。

「降りてらっしゃい、この不届き者！」

「ふ、不届き者!?」

気の強い言葉に、征一郎はあわてて樹の下を見た。

そこには、大きな瞳を強く光らせた、一人の少女が立っていた。

霞と同じ年齢くらいだろうか、白い道着に木綿の袴《はかま》、右手には籠手をつけ、たった今、弓道の鍛錬を終えたばかりという姿だ。長くまっすぐな黒髪をひとつに高く結っているのが、まるで元服前の若武者のようだった。

「きみは……」

「早く降りなさい！　さもないと、矢を射るわよ!!」

征一郎の問いかけにもまったく答えず、少女は声をはりあげる。怒りに紅くなったほほや火のように輝く瞳を見れば、その言葉がただの脅しではなさそうだと知れた。

「わかったわかった。今、降りるよ」

登った時と同じく、器用に樹から降りてきた征一郎に、

「この樹は、あなたみたいな人がさわっていいものじゃないのよ！　いいえ、たとえどんな人だって、遊び半分でさわったり登ったりしちゃいけないんだから!!」

少女はまだ怒りの収まらない様子で、文句をつけた。

「そいつは失敬。知らなかったものでね」

「だいたい、あなた、いったい誰？　他人の家で勝手に庭の樹に登ってるなんて。泥棒とかでもなさそうだけど――」

「人に名前を訊ねる前に、自分が名乗るのが礼儀じゃないのかい？」

征一郎の皮肉に、少女は一瞬、言葉につまった。

だがすぐに、

「そうね。あなたの言うとおりだわ」

征一郎をまっすぐに見据え、胸をはる。

「私は香川五月《さつき》。この家の娘です」

「香川……？」

「では、こちらのお屋敷の――！」

少女の返答に、征一郎と霞は同時に驚きの声をあげた。

「そうよ。――それで、あなたは？　さあ、名乗りなさい！」

気に入らない人物はすぐさま自分の屋敷から叩き出してやるとでも言わんばかりの、五月の勝ち誇った表情に、征一郎は不意にがき大将のようないたずらを思いついた。

この小生意気な娘の鼻っ柱を、ちょっとへし折ってやろう。

「俺は間宮征一郎。実は今日、洋行から帰ってきたばかりなんだ」

征一郎はすい、と五月の目の前へ近づいた。そのまま右手を彼女のほほへのばす。

あっけにとられた五月が、その動きに気づいて反応する前に、征一郎は身をかがめた。

「はじめまして、お嬢さん」

五月が声をあげるよりも先に、征一郎はその唇にキスしていた。

やわらかく、ふんわりと溶けるような感触だった。

ほのかに甘い汗の匂《にお》いが、呼吸とともに征一郎の胸の中に広がる。

ああ、あと少し——せめてあと一秒、このやさしくあたたかな感覚を探っていたい。そう思った瞬間。

「きゃあああああッ!! な、何するのよぉッ!!」

高い悲鳴とともに、征一郎は思いきり横っ面をはりとばされた。

「い、痛たた……！」

「あ、当たり前だ、ばかあっ！」

ひっぱたかれたほほを押さえてうめいた征一郎に、五月は叫ぶ。

「ずいぶんなご返礼だな。ふつうに挨拶《あいさつ》しただけなのに——」

「あ、挨拶だと!? あんな、あんな破廉恥な挨拶があるかあッ!!」

「おや、ご存じなかったのかな？ 西洋じゃこれがふつうの挨拶で——」

「ここは日本だ、この無礼者ッ、破廉恥漢、助平ぃッ!!」

悪態もつきたのか、それ以上言葉が出てこない。五月は真っ赤になったまま征一郎をにらみつけた。その瞳に、わずかだけれど透明に光る滴が浮かんでいる。

さすがに悪ふざけがすぎたかな——巴里の遊び慣れた女たちならともかく、日本の、まだほんの年端もいかない少女には、いきなりの接吻はやり過ぎだったかもしれない。

これは謝ったほうがいいだろうか。征一郎がそう思った時。

五月は小鳥が飛び立つように、ぱっと走り出した。

「あ……！」

もう、捨て台詞もない。

そして征一郎や霞が声をかける間もなく、五月は庭の奥へと走り去ってしまった。


「あれは……征一郎様がお悪いと思います」

客間に戻るとまもなく、小さな声で霞がつぶやいた。

「だけど、あのくらい、西洋じゃごく当たり前のことで——」

「初対面の方になさる挨拶ではございません」

いいわけがましい征一郎の言葉を、霞は控えめではあるけれど、けして譲らない声でさえぎった。

「そうか——」

「あ……。もうしわけございません。ですぎたことを申しました」

ややしゅんとした征一郎に、霞は畳に両手をついて頭をさげる。

「いや、いいさ。俺をまともに叱ってくれるのは、霞と巽吉のじいだけだからな」

「征一郎様——」

征一郎は笑顔を見せたが、霞はすまなそうにうつむいたままだった。

やがて、

「やあ、すっかり待たせてしまったな、すまんすまん」

すっかり西日の色に染まっていた障子が、ようやく開いた。

現れたのは、温厚そうな中年の男性だった。けして大柄というわけではないが、けれど鋭い眼光や引き締まった口元に、強固な意志の力を感じさせる。

「きみのことは平蔵から頼まれている。うむ、私に任せておきたまえ。ここも、自分の家と思ってな。それにしても征一郎くん、大きくなったなあ。この前に会った時は、まだこーんな背丈しかなかったのになあ！」

「……何年前の話ですか」

「気にするな、気にするな！」

この男性が、香川征十郎《せいじゅうろう》——この屋敷の主人であり、征一郎の父の盟友。

　そう思ってみれば、彼から感じる力は、父・間宮平蔵から受ける印象と同じものだ。他者を支配する、圧倒的な力。家父長として一家を統率する男ならば、当然のものなのかもしれないが。

「はあ……」

「きみの就職先も、手配してある。きみはたしか、油彩が専門だったな」

「ちゃんとそこのところにあわせた仕事だ。何も心配はいらん」

「はい――」

　反論の隙《すき》もない。言葉もはさめない。征一郎はただうなずくしかなかった。

「それとだな――おい、入ってきなさい！」

　香川は、すっかり暗くなった縁側に向かって怒鳴った。

「はい」

　楚々《そそ》とした控えめな声が、返事をした。

　そして作法通り、三度にわけて障子が引き開けられる。

「失礼いたします」

　礼儀正しく手をついて頭をさげ、やがてあがった顔は――

「あ、きみは……」

「あなた――！」

髪の結い方は娘らしく少し華やかになり、衣装もどこか女学院の制服らしい小袖《こそで》と女袴に変わってはいたが、それは間違いなく、さきほど庭で征一郎をひっぱたいた五月という少女だった。

「おや、なんだ。もう顔見知りだったのか、おまえたち」

「顔見知りなんて、そんな！　お父様、こいつは——‼」

「五月。いい娘が人の顔を指さすものじゃない。ましてやこの人は、おまえの旦那様《だんなさま》になる人だぞ」

「……えっ⁉」

五月は絶句した。

同じく、征一郎も言葉をなくす。頭の中が真っ白になる。

「な——なんて……。い、今、なんておっしゃったんですか？」

「うん？　平蔵から聞いていなかったのか。儂《わし》はまた、きみは全部承知の上で日本へ帰ってきてくれたんだと思っていたぞ」

「い、いえ。ぼくは何も……」

「そうか。口約束ではあるが、昔からそういう話はしていたんだ。うちはこのとおり、娘一人しかいないからな。平蔵の息子をうちにくれと、な」

「は、はあ……」

呆然《ぼうぜん》として、まともな返答もできない征一郎のかわりに、高い声が叫んだ。

「そんな の勝手よ！」

「五月」

「だってお父様、あんまりだわ！　今日初めて会った男と、いきなり結婚しろだなんて!!」

「黙りなさい、五月」

「私はイヤよ、こんな男！　こんな、どこで何をしてたかもわからないような――!!」

「五月！」

けして大きくはないが、聞く者の精神をびんと打ち据えるような声だった。

「いわれもなく他人を侮蔑《ぶべつ》するのが、良家の娘のすることか」

「……い、いいえ――」

短いが、それだけに強い説得力のある叱責《しっせき》。さすがに五月も口をつぐみ、浮かしかけた腰をまたおとなしく正座の形に戻した。

「でも、お父様」

唇を咬み、それでも五月は反論を引っ込めようとはしない。

内心、征一郎は驚いていた。日本の、それも士族の家に生まれ育った娘が、一家の長である父に面と向かって反論するなど、ふつうではまったく考えられない。男の自分ですら、間宮家の長である父には、ほとんど自分の意見をのべることができなかったのだから。香川家では、見た目とは違ってかなり開明的な教育が行われているらしい。

「私は、この人のことをなに一つ知りません。これからの一生を連れ添っていく方をさだめるのに、そんな状態ではとても決められませんわ」

「うむ。それはおまえの言うとおりだな」

「だから……！」

このお話は白紙に戻してくださいと、五月が言い出す前に、

「ではこうしよう。おまえたち二人が、お互いをもっとよく知りあうための時間を作ろう」

香川が言った。

「どういうことですか」

「考えてみれば、五月もまだ女学院に通っている。五月が学院を卒業するまで、つまりこれから一年間、猶予期間をおこうじゃないか」

「ゆうよ、きかん……？」

征一郎と五月は同時に、オウム返しに香川の言葉を繰り返した。

「つまり、一年、この人とつきあってみて、やっぱりお互いに気に入らないとなったら、婚約を解消してもいいってこと？」

「そう決めつけるな」

「でもそういうことでしょ？」

「——まあ、そうだ」

父の言葉に、五月はようやくうなずいた。

「いいわ。それなら」

だが、まだ憤然《ふんぜん》としたその表情からは、一年後には絶対こんな男とすっぱり縁を切ってやる、という五月の想いがありありと読みとれる。

「きみも異存はないか？　征一郎くん」

「はい」

征一郎も、うなずくしかなかった。


香川邸で征一郎の居室にあてられたのは、庭の中ほどに建てられた離れだった。現在は渡り廊下で母屋と結ばれているが、元は茶道の庵《いおり》として使用されていたらしい。

青畳の香りの残る部屋で、征一郎はなかなか寝つけない夜をすごした。ふすまをへだてた控えの間では、やはり霞が寝返りばかりをうっている気配がしている。

この私室にひきとった時、霞は丁寧に征一郎へ頭をさげた。

「ご婚約、おめでとう存じます……」

「まだそうと決まったわけじゃない。よしてくれ」

「ですが――」

「霞はどう思う？」

「はい、おめでたいことだと……」

本当にそうなのかと問いつめようとして、征一郎はけれど口をつぐんでしまった。霞の表情には、隠しきれない戸惑いや迷いが浮かんでいる。霞のこんな顔を見るのは初めてだった。

けれどここで問いつめても、この娘はけして真実の想いをうちあけはしないだろう。もしかしたら霞自身、まだ自分の気持ちをつかみきれていないのかもしれない。

征一郎はそのまま黙って、霞が準備してくれた布団の中へ入った。

長旅で疲れているはずなのに、頭の中ではいろいろな想いがぐるぐる渦を巻き、眼が冴えるばかりだ。

ようやくうとうととした頃には、障子の向こうでは鳥のさえずりが聞こえてきていた。

「急いで。就任そうそう遅刻なんかしたくないでしょう」

寝不足の頭でまだぼうっとしている征一郎を、五月がせかす。

「あなた、今日からうちの学院で教鞭《きょうべん》を執るのでしょう。お父様から言われてるわ、学院まで案内しなさいって」

「ああ――」

たしかに昨夜、そんな話を聞いた。

けれど唐突に持ち出された結婚話の衝撃で、ろくに印象に残っていなかったのだ。

これから一年、征一郎はこの街にある私立の女学院で西洋美術を教えることになる。しかもその学院は間宮貿易が設立し、父・平蔵が理事長を務めているのだという。

結局自分は、欧羅巴《ヨーロッパ》にいようと日本にいようと、父の手のひらから出られはしないのだ。

征一郎は自嘲《じちょう》気味にそう思った。

「行ってらっしゃいませ、征一郎様」

巴里のアパルトマンの時と同じメイドの制服に着替え、門の中に残って征一郎と五月を見送ろうとした霞を、しかし征一郎は、

「霞も来なさい」

「どうしてでございますか？」

「俺の助手とでも言えばいいだろう。いいから、ついておいで」

強引に招き、香川邸から連れ出した。

五月もややいぶかしげな表情を見せたが、反論するほどのことでもないと思ったのか、何も言わなかった。

香川邸から石畳の坂道を抜け、洋風の美しい建物が並ぶ商店街へ。そして港を見下ろす公園をまわり、街のはずれへ出る。

そこに、赤いレンガの塀に囲まれた瀟洒《しょうしゃ》な建物が見えてきた。

門柱には、『港の丘女学院』。

「ここが……」

征一郎は思わず小さくつぶやいた。

ここが、これから一年間、自分が通わねばならない場所。生まれてはじめて与えられた、責任のともなう職の場所。

二階建ての校舎は塀と同じくレンガ造りで、校庭を飾る植物の緑とみごとに調和している。校門をくぐってゆく少女たちはみな、五月と同じ小袖と女袴に身を包んでいた。

「教員室はあちらよ」

五月は愛想のない声で示した。

「あ、ああ。ありがとう」

「あと――それから」

けれど教員室へ向かおうとした征一郎を、五月はあわてて呼び止める。

「なんだい？」

「わかってると思うけど、昨日、お父様がおっしゃったこと、他の人に言わないでよ」

「昨日のって……婚約の話かい？」

「大きな声で言わないで！　誰かに聞かれたら困るじゃない！」

「そうなのか？」

征一郎は腑《ふ》に落ちない顔をした。女学院に通う年頃ともなれば、婚約している娘など珍しくはないだろう。五月にとっても、別に困る話ではないはずだ。

けれど五月はまわりを気にして、声をひそめる。征一郎と一緒にいることを他の女学生に見られることもイヤなのだろう。

「は……恥ずかしいじゃない。それに、いろいろ言われそうでイヤなのよ」

「だけど、俺がきみの家に下宿しているのは、隠したってすぐにバレることだろう？」

「それはそうだけど——。だから、あなたは単に私の家に下宿してるだけ。私たちの関係は、ただそれだけよ！　誰に訊《き》かれてもそう答えてちょうだい」

「はいはい、わかりました、お嬢様」

「その呼び方もやめて」

「じゃあ、どうすればいいんだ」

「名前でいいわ。私も、あなたのこと名前で呼ぶから。それとも、女に呼び捨てにされるのはイヤ？」

「いいや、別に。欧羅巴ではファーストネームで呼びあうのがふつうだからね」

やがて授業開始五分前をつげる鐘が、鳴り響く。

「いかん。急がないと、本当に遅刻だ！」

「私もだわ！　じゃあね、征一郎！」

五月が袴の裾《すそ》をひるがえし、教室棟へ走っていく。

征一郎も、さきほど五月が示してくれた教員室のある棟に向かって歩き出した。その後ろを、画材をかかえた霞が小走りで追っていった。

教員室では、理事長である平蔵の意を受けた理事の一人が、征一郎を待っていた。

この『港の丘女学院』で征一郎に与えられた職は、正規の教員職ではなく、課外授業としての美術を担当する、というものだった。要は臨時雇いの職員のようなものらしい。

こんなところもあの父らしいと、征一郎は思った。

そして幾度か校舎に鐘が鳴り響き、やがて最後の鐘が授業の終了を告げた。

征一郎が指示されたとおりに美術室へ行ってみると、

「あ、センセ！　遅い、おそーい！」

「初めまして、間宮先生！」

「港の丘女学院へようこそ。学生一同を代表して、歓迎いたしますわ」

高く明るい声が、征一郎を迎え、包み込んだ。

はや夕暮れの色をたたえ出した教室に、はなやかな笑顔が並んでいる。

そろいの小袖に女袴。だがその上にはそれぞれの好みなのか、個性豊かな小物が飾ってありもする。校則でも、そういった自由を禁じてはいないのだろう。

「ごきげんよろしゅう、間宮先生」

長くゆたかな髪を美しく波うたせ、背中へ流した少女がにこやかに笑顔を向けた。

「これから一年間、よろしくお願いします」

こちらは思いきりよく短くした、モダンな断髪の少女。肩には、くちなし色のウールのショールがある。

「ねえ、センセ。五月ちゃんの家で一緒に暮らしてるって、ホント?」

突拍子もないことを言い出したのは、一番小柄で子供っぽく髪を二つ結いにした少女。

「ち、違うったら、柚子《ゆず》! 征一郎はうちに下宿してるだけよ! 離れにいるの!!」

そして、五月もいた。

これが、征一郎を迎えてくれた部屋。今日からここが、征一郎の居場所なのだ。

ついこの間までの自分の生活とはずいぶんかけ離れた場所だと、内心小さく苦笑しながらも、征一郎も彼女たちに答え、うなずいた。

大丈夫だ。これならなんとかやっていけそうだ。

振り返れば、霞もちゃんといてくれる。

最初は戸惑いの色が消えなかった笑みも、やがてごく自然なものになる。

「こちらこそよろしく、学生諸君――」

第2章　三冬月《みふゆづき》

「寒いなあ……」

窓ガラスの曇りを手でぬぐいながら、征一郎はつぶやいた。

征一郎が『港の丘女学院』に来てから、すでに三ヶ月近くがすぎようとしている。

自分も、ようやくこの街に、新しい暮らしに慣れてきたと思う。

最初のうちは遅刻しないよう早起きすることすらつらかったが、今は五月に怒鳴られなくとも香川邸の門を出ることができるようになった。

学院の職員たちも、職場へ助手と強弁してまで自分専任のメイドを連れてくる征一郎に、最初は露骨に眉《まゆ》をしかめる者も多かった。だが現在では霞の存在にも慣れたのか、ほとんど気にする様子もない。もっとも彼らは、征一郎のことを同僚教諭ではなく、理事長・間宮平蔵の息子という眼でしか見てはいないのだが。

第一、征一郎が学院ですることといえば、女学生たちの授業が終わるまでぼうっと美術室で時間をつぶし、あとは放課後に二、三時間ほど彼女たちに油絵の指導をするだけだ。それも専門的なものではなく、やはりお嬢さんのお稽古《けいこ》ごとの域を出ない。帰宅するのも、女学生たちとほぼ一緒だ。

けれど、それでいいと思う。自分は成功も出世も望んではいない。このままで充分満足なのだ。

征一郎のまわりで、ただ静かに時間は流れていった。

廊下の向こうで、授業終了を知らせる鐘が鳴っている。

「そろそろ来るかな」

征一郎が懐中時計を確かめるより先に、ぱたぱたと軽い足音が近づいてきた。それはあっという間に美術室のドアの前まで駆けつけ、そして、

「先生、こんにちわー！」

勢いよくドアが引きあけられた。

ふわふわした髪と花が咲いたように明るい笑みが、飛び込んでくる。

「こらこら。廊下を走っちゃいけないだろう、菅平《すがだいら》」

「はぁい、ごめんなさーい！」

ぺろっと舌を出す表情が、年齢よりも幼く見えて可愛《かわい》らしい。

菅平柚子。五月の同級生であり、征一郎が指導する美術クラブの一員だ。初めて征一郎を美術室で出迎えた時、いきなり五月との関係を訊《き》いてきた少女だ。まあ、その様子があまりにも無邪気で、征一郎も怒る気にすらならなかったのだが。

「あれぇ？　先生、霞ちゃんは？　いないんですかぁ？」

「ああ。今日は伊太利《イタリヤ》から画材が港に届く予定なんだ。だから霞は、それを取りに行っている。もうすぐ来るはずだよ」

「ふぅん、そうなんだぁ」

柚子は小さな子供のような仕草で、指に息をはきかけ、手をこする。部屋の隅にあるダルマストーブのそばまで行き、暖まっていたが、やがて不意に窓の外を指さした。

「あ、見て、先生！　ほら、窓の外！」

「え？　何だ？」

「ほら、雪！　雪が降ってるの！」

柚子にうながされ、征一郎も窓辺に寄る。

曇りかけた窓ガラスの向こうに、ちらちらと揺れる小さな白いものが見えた。

地面もすでに、うっすらと白い。その上に、綿のような雪が後から後から降りつもってゆく。

「雪か。どうりで冷えるはずだな」

「ずいぶん降ってますね。これ、つもるかも！　ね、先生、つもったらいいですよねぇ！」

「うん、そうだな」

「この冬の初雪ですね。とってもきれい……」

柚子は征一郎のかたわらで、うっとりとつぶやいた。

「先生、こんにちわ！」

「あら柚子。教室にいないと思ってたら、先にいらしてたんですの」

やがてもう一度扉が開き、数人の少女たちが顔を出す。

「やあ、こんにちわ」

先頭にいた五月は、征一郎の挨拶《あいさつ》に、どんな顔をしていいかわからない、といった迷いの表情を少し見せて、小さく会釈しただけだった。

扉をくぐるしゃきしゃきした断髪と、ゆたかにウェーヴのかかった長い髪の向こうに、まっすぐに切りそろえられた黒髪が見える。

「そこの渡り廊下のところで、霞さんとお会いしましたのよ。ずいぶん重そうなトランクをお持ちでしたので、一緒に運んでさしあげましたの」

波打つ髪のはなやかな美貌《びぼう》の少女——長篠宮椿《ながしのみやつばき》がすっと横へどいた。その後ろに、霞が少し申し訳なさそうな顔で立っている。

「遅くなりました、征一郎様」

「いや、時間どおりだ」

霞が悪いと思っているのは、時間のこともあるだろうが、何よりも征一郎の教え子である女学生たちに、自分の仕事を手伝わせてしまったことだろう。

霞は、身分というものを強く意識しているのだ。五月に対しても、五月自身が友人としてうち解けてほしいと言っているのに、いまだにかたくなに見えるほど慇懃《いんぎん》な態度をとり続けている。親しくなりたいと思っていても、言葉も行動もなかなか簡単には改められないらしい。

仕方のないことだと、征一郎は思う。霞は、幼い頃からそういう教育を受けてきたのだ。自分は仕える立場であり、征一郎や五月は支配する側の人間である。その境界をけして越えてはならない、と。

五月もすぐにそのことに気づき、霞の態度をよそよそしいとは思わなくなったようだ。

「さあ、始めましょう、先生。時間がなくなっちゃう」

モダンガアルのような断髪の少女――逢沢《あいざわ》彩菜《あやな》が、カンバスを用意している。

「そうだな。じゃあ、先日の課題の続きだ」

征一郎の指示に、女学生たちは慣れた様子で椅子《いす》を並べ、デッサン用の画材を揃《そろ》える。

「霞、頼む」

「はい」

少女たちの準備がほぼ終わったのを見計らい、征一郎は霞に声をかけた。霞は小さくうなずくと、円を描くように並んだカンバスの中心に椅子を置き、腰かける。

先週から始めた人物のデッサン。人体をしっかり描くことが西洋美術の基礎だと、征一郎は判断した。その練習用モデルを霞がつとめているのだ。

霞は背すじをのばして椅子に座り、呼吸を整えて静止した。凛《りん》とした姿に、静謐《せいひつ》な緊張がみなぎる。いつもながら、その姿は美しいと、征一郎は思った。

やがて美術室は、ストーブからあがるあたたかな空気と、木炭が紙をこする軽い響きだけに満たされる。

「——そう、もう少し陰影の濃淡を強調してごらん。身体の丸みが表現できる」

征一郎は少女たちの後ろをゆっくりまわりながら、時々気づいたことを簡単にアドバイスしてやるだけで良かった。

三〇分ほどすぎた時、

「ふう……」

柚子が大きく吐息をついて、ううーんとのびをした。

「ずーっと黙ってると、なんか疲れちゃう！　ね、先生！」

「ん？　何だ」

柚子は、まるで仔猫が遊んでくれとねだっているような瞳をして、征一郎を見あげる。

「何かお話してくださーい。何でもいいからぁ。あ、そうだ。洋行中のこととか聞きたいでーす！」

「洋行の話、かい……？」

「それ、すてき。私も聞きたいな。間宮先生は、ずっと欧羅巴《ヨーロッパ》に留学してたんだもの、向こうの歴史や風物なんかにも詳しいんでしょう？」

「詳しい、ということもないけれどね」

彩菜の言葉に、征一郎は思わず苦笑する。自分は留学先の歴史や地理を勉強するよりも、遊ぶことにばかり熱心だったのだから。

「あ、そうそう！　西洋では、降誕祭が一年で一番重要なお祭りなのでしょう？　どんな様子なんですか？　きっととってもにぎやかできれいなんだろうなぁ。日本の降誕祭って、女学校の慈善バザーとお役人たちの舞踏会だけなんだもの！」

柚子の慨嘆に、少女たちは一斉に笑った。

「仕方がないさ。日本じゃまだキリスト教はなじみが薄いからな」

「欧羅巴の国々では、どんなふうに降誕祭を祝っているのですか？」

「カソリックとプロテスタントで違うんだが、一般的にカソリックの国のほうが、にぎやかに祝うよ。昔は一週間以上、祝いの行事が続いたんだそうだ」

「一週間も！」

「その間、人々は家でごちそうを食べたりゲームをしたりして、楽しくにぎやかに過ごす。家の中も、降誕祭の特別な飾り付けがされるんだ」

「クリスマスツリーのこと？　港で見たことあるけど、とってもきれいよね、あれ！　あとはひいらぎの枝とか天使のお人形とか！」

いつの間にか、柚子はデッサンそっちのけで征一郎の話に夢中になっている。他の少女たちも一応身体はカンバスに向けているものの、手は停まってしまっていた。霞すら、巴里《パリ》での日々を思い出しているのか、微笑《びしょう》を浮かべて征一郎を見つめていた。

「その他にも、国によってさまざまな風習がある。たとえば、天井近くに宿り木の大きな枝を飾って、クリスマスのお祝いの間は、その枝の下に立った男女は誰でもキスをして良い、なんていうのもあるんだ」

「キ、キスって、……接吻のこと⁉」

柚子のほほが、ぱあっと紅く染まる。

「男女の恋情によるものじゃないさ。母親が赤ん坊にするように、軽く、だよ」

それでも多感な少女たちにとっては、充分にロマンティックなものに思えたらしい。みな、ほほを染めて、視線を伏せる。勝ち気な五月ですら、同じく可愛い反応を示していた。

「さあ、おしゃべりはここまでだ。みんな、手を動かして。でないと、いつまでたっても課題が仕上がらないぞ」

「はあい！」

そして少女たちは、また熱心にカンバスに向かい始めた。

「……おや？」

やがて征一郎は、一人の少女の後ろでふと足を止めた。

「どうかしたのか、長篠宮？」

「い、いいえ。何でもありませんわ」

椿は細い声で答えた。だが振り向いた顔は、血の気を失って青白い。形の良い唇が、かすかにふるえている。額には薄く汗も浮いているようだ。一瞬、耐えきれないように眉がくっと寄せられる。激しい痛みをこらえるように。

これは普通じゃない。征一郎は椿の座る椅子の前に回り込んだ。

「どこか具合が悪いんだろう。今日はもう帰りなさい。一人で帰れないなら、家の人に迎えに来てもらうよう、連絡してあげるから」

「いいえ、結構です。本当にわたくし、大丈夫で……」

無理に立ちあがろうとした椿の身体が、椅子の上でぐらりと揺れた。

「長篠宮⁉」

「きゃあああっ、椿ちゃんっ‼」

柚子の悲鳴が響く。

派手な音をたててカンバスが倒れ、画材が床に投げ出される。

その上に、制服に包まれた椿の身体が、崩れ落ちるように倒れていった。

「椿ちゃん、椿ちゃん、どうしたの、しっかりして！」

「動かすんじゃない、菅平！　下手《へた》に動かしたら大変なことになるぞ!!」

征一郎の指示に、椿へしがみつこうとしていた柚子は、びくっと大きく肩をふるわせ、身体を硬直させた。

椿は倒れたまま身動きひとつしない。花びらのような唇も色あせ、かたく咬みしめられている。本当にこれは尋常ではない。この寒い中、人力車などで揺られたら、もっと酷《ひど》いことになってしまうだろう。

「霞、教員室にこのことを知らせて、長篠宮家に連絡してもらうんだ。そして、迎えの自動車を出してもらうよう、頼んでこい」

「は、はい。征一郎様！」

日本ではまだ珍しい個人用乗用車も、宮家の流れを汲《く》むという長篠宮家にならばきっとあるだろう。

霞が慌てて美術室を飛び出していく。

征一郎は、椿の身体を両腕に抱きあげた。

しなやかな身体は、ひどく熱い。かすかにもれる呼吸も弱々しかった。

「誰か、長篠宮の荷物を持ってきてくれ。校門のところまで運ぶから！」

「はい！」

意識を失った椿は、またたく間に駆けつけた乗用車に乗せられ、自宅へ連れ帰られることとなった。迎えの乗用車に乗ってきたのは椿の両親ではなく、長篠宮家に勤める白髪の執事だった。両親の長篠宮伯爵夫妻は、仕事の関係で海外にいるのだという。

執事は征一郎に丁寧に頭をさげたものの、運転手に命じて後部座席に椿の身体を横たえさせると、一言も説明することなく乗用車に乗り込んでしまった。

「椿ちゃん……」

振り返ると、制服姿の三人の少女たちが、寄り添いあうように立って走り去る黒い乗用車のシルエットを見送っている。その後ろには、霞もいる。不安そうな表情の少女たちの肩に、うっすらと雪が降り積もっていた。

「みんな、校舎に入ろう。今日はもう家へ帰りなさい」

うつむき、足を引きずるようにして少女たちは校舎へ戻ろうとする。その中でふと、柚子が肩をふるわせ、大きくしゃくりあげた。

「どうしよ、どうしよう……、椿ちゃんが――」

「大丈夫だって、柚子。きっとたいしたことないよ」

励まそうとする彩菜に、柚子は両手で顔を覆い、小さく首を横に振った。

「あたし……あたし、ほんとは聞いちゃったの。ほんとは椿ちゃん、学校なんかに来てちゃいけない状態なんだって……。あたし、椿ちゃんと仲良しだから、あの執事さんに頼まれてたの。我慢して手術を受けるよう、椿ちゃんを説得してくれって――!!」

「手術⁉」

「今ならまだ間にあう、今、手術すればきっと助かるって……」

子供のようにしゃくりあげ、涙で顔をくしゃくしゃにしながら、柚子はうなずいた。

「で、でも、椿ちゃん、そんな必要ないって……。だから、ずっと無理して学校にも来てて……。病気のことも、誰にも言わないでって頼まれてたの。みんなに心配されるとかえってつらいからって……。でも、でもどうしよう――こ、このまま椿ちゃんが……!」

そんなにひどい病気だったのか。それをおして登校し続けていたとは……。征一郎も言葉を失う。二十歳にもならない少女としては、驚異的な精神力と言わざるを得ない。どうして椿は、そこまでして自分が病気であることを否定したかったのだろう。

「落ち着け、菅平。大丈夫だ、長篠宮はきっとすぐ良くなる」

少女たちをうながし、征一郎も乗用車の走り去った方角を何度も振り返りながら、校舎へと歩き出した。

翌日も、さらに翌々日も、長篠宮椿は登校してこなかった。

「椿ちゃん、本当に大丈夫なのかしら……」

五月はため息まじりにつぶやく。柚子は涙をこらえるのが精一杯らしい。彩菜も同様で、三人は美術室に集まってても口数も少なく、課題もほとんど進行していない。

征一郎はそれに対し、何も言うことができなかった。

それからさらに数日が過ぎ、まもなく冬の長期休暇に入ろうという日。

「征一郎、ねえ、征一郎！」

学院から戻ってきて、夕食までの短い休息の時間。自室でくつろいでいた征一郎のところへ、澄んだ高い声が飛び込んできた。

「どうしたんだ？　五月」

「ほら、これ見てよ！　招待状よ、椿ちゃんからの‼」

「……招待状？」

五月の手には、淡いクリーム色の封筒があった。後ろには深紅の封蝋《ふうろう》で長篠宮家の家紋が浮かびあがっている。

「今度の週末、長篠宮家で開催する舞踏会に、わたしと征一郎を招待したいって！」

「舞踏会――」

征一郎は壁の暦を確かめた。今度の週末は24日、西洋ではクリスマスイブとして一年でもっとも盛大に祝う祝祭の夜だ。

　華族の中でも由緒ある名家として知られ、政財界に大きな影響力を持つ長篠宮家にとっては、日本人にあまりなじみのない祭りも、外国人——特に西洋や亜米利加《アメリカ》合衆国から来日している人々をもてなす格好の機会なのだろう。舞踏会という催しからも、それは察せられる。

「良かった、椿ちゃん。元気になったんだわ！　年が明けたら、きっと学校にも来てくれるわね!!」

　五月は封筒をまるで椿本人であるかのように、しっかりと胸に抱きしめる。

「ああ、そうだな」

「どうしたの、征一郎。うれしくないの？」

「いや、うれしいさ。本当に良かったと思っているよ」

「だったらもっと元気な顔をしてよ！　まるで、今度は征一郎が病気になったみたいよ！」

　征一郎は苦笑する。

　実を言えば、征一郎の心配は消えてはいない。

　入院、手術までが必要だというほどの病状が、わずか数日で無事に回復するものだろうか。倒れるまで病苦を隠し続け、登校していた椿なのだ。この舞踏会も病をおしてのことではないのか。

だがそれを言ってしまえば、また五月が悲しむ。

「良かったな、五月。楽しんでおいで」

「何よ、人ごとみたいに。征一郎も一緒に行くのよ」

「俺はいいよ。人の多いところは苦手なんだ」

「ダメよ！　招待状はわたしと征一郎の二人へ来てるんですからね！　椿ちゃんだって、きっと元気な姿をわたしたちだけじゃなくて、先生である征一郎にも見てもらいたいって思ってるはずだわ」

「そりゃそうかもしれないが――」

長篠宮家の舞踏会ともなれば、政財界の要人も数多く招待されているだろう。令嬢・椿の学友である五月たちならともかく、自分はあまりにも場違いだ。征一郎はそう思ってしまう。間宮貿易の御曹司ならばそんな引け目も必要ないだろうが、今の自分はしがない臨時雇いの美術教師でしかない。

「それに……わたしだって、困るもの」

五月は不意にうつむいて、もしょもしょ口ごもった。

「え？」

「こ、困るって言ってるのよ。お父様はこういうパーティーは西洋かぶれだって言って大キライだし、征一郎が来てくれなかったら、わたし、エスコートなしで舞踏会へ行かなくちゃいけないんだもの」

西洋式の華やかなパーティーでは、女性は一人きりで参加することはできない。かならず親しい男性に導かれ、手をとられて行かなければならないのだ。

うつむいた五月のほほは、ほんのりと薄紅色に染まっている。

「――わかったよ」

征一郎は小さくうなずいた。

「ほんと？　ありがとう、征一郎！」

五月はぱっと顔をあげた。花が咲いたように明るい笑みを見せる。

その笑顔に、征一郎は一瞬、胸を突かれるような痛みを覚えた。

「さあ、早く準備しなくっちゃ！　ドレスと靴と、あ、それから手袋も！　どこにしまってたかな！」

「おいおい、今すぐ舞踏会が始まるわけじゃないだろう」

「ふーんだ！　征一郎にはわかんないのよ。女の子にとっては、こういうのってほんとにほんとに一大事なんだから！」

長篠宮家は、港の丘港を一望できる高台の上にある。明治期に先代当主が西洋から建築専門家を招聘《しょうへい》し、設計させたという美しく壮大な洋館だった。シンメトリィの様式は、フランスロココ様式の華麗な流れを汲んでいる。

陽が落ちてあたりが藍色の闇に包まれ出した頃。

高い鉄柵《てっさく》の正門前には、次々に馬車や乗用車が停車し、正装した貴顕の人々が降りてくる。彼らはさまざまな国の言葉で笑いさざめきながら、館の玄関に吸い込まれていった。

「間宮征一郎様、ならびに香川様ご令嬢、ご到着でございます！」

征一郎と五月が玄関をくぐると、わきに控えていた従僕が声をはりあげた。

征一郎が腕を差し出すと、五月は少しためらいながらも、作法どおりその腕に自分の手をからめる。

桜色のドレスが、とても良く似合う。征一郎は内心、驚きを覚えていた。五月がこんな洋装をしたのを見るのは初めてだ。巴里帰りの征一郎から見れば、腰のバッスルを高く飾ったそのデザインはいささか流行遅れだが、最新流行の身体のラインがくっきりと浮かびあがるものより、五月の初々しい美しさをより引き立てる。

実際、普段は和服、それも稽古着の袴《はかま》ばかりの五月は、ドレスの裾《すそ》がさばきにくいらしい。歩き方もいつもに比べてかなりおとなしい。

玄関ホールから左の棟は、一階がすべてパーティー用の広いホールになっていた。庭に面した方は天井まで磨きあげられたガラス窓、反対の壁は一面の鏡張りだ。天井からつるされ、煌々と輝くシャンデリア。まるで昼間のようなまばゆさに満ちている。

礼装の紳士たち。夜会服に身を包み、宝石を飾った淑女たち。軍人たちの衿《えり》や袖《そで》の金モールが、若い女性のティアラが、電灯の光を乱反射する。ここが日本であるということさえ忘れてしまいそうだ。

「あ、五月ちゃん、先生も！」

人々のざわめきをついて、高くはしゃいだ声が、征一郎たちを呼んだ。

貴顕の群れをすり抜けるようにして走り寄ってきたのは、明るい黄色のドレスに身を包んだ柚子だった。

「今、着いたの？　わあ、五月ちゃん、きれーい！」

「柚子もよく似合うわ、そのドレス」

「せっかくの舞踏会だもん、パパにおねだりしたの！　それより、ねえ五月ちゃん。先生と一緒に来たのね。いいなあ！　あたしも先生にエスコートされてみたーい！」

「そんな……。し、仕方ないじゃない、同じ家にいるんだもの。——柚子は誰と一緒なの？」

「パパ。だからぜんぜんつまんないの！　男の人にダンス申し込まれても、ぜーんぶパパが断っちゃうんだもの！」

柚子はぷーっとほほをふくらませた。

このはしゃぎぶりからすると、柚子もこの舞踏会の招待状を、椿の回復の証《あかし》ととったのだろう。

「あ、ほら見て！　あそこ、彩菜ちゃんじゃない？」

「え？　あ、ほんと！」

五月が示したホール中央では、十数人の男女が室内楽団の演奏する曲にあわせ、優雅に円を描いてワルツを踊っている。その輪の中に、確かに彩菜の姿もあった。彩菜のドレスは最新流行のシルエットだ。

彩菜の手を取っているのは、礼装軍服に身を包んだ若い男だった。

「彩菜ちゃん、あの男の人にエスコートされてきたのよ。あたし、二人が入ってくるとこ見てたもの」

「軍人にか？」

「知らないの、征一郎。彩菜のお父様は海軍にいらっしゃるのよ。港の丘軍港の基地司令官でらっしゃるの」

「そうなのか……」

柚子と五月の説明に、征一郎はうなずいた。軍人の娘なら、親がその交際相手として軍人を選ぶのも当然だろう。

そして征一郎は、優雅な鳥の群れのような人々を、眺めるともなく眺めていた。

が、ふと気づく。

人々の中に、椿の姿がない。

この邸の当主・長篠宮伯爵は仕事のため不在がちで、館のすべては娘である椿が取り仕切っているという。今夜の舞踏会も当然、椿が女主人役を務めるはずだ。

だが、椿の美しい姿はどこにもなかった。

やはり椿の病気は重いのか。征一郎がため息を押し殺そうとした時、

「失礼いたします、間宮様」

影のように近づいてきた人物が、背後からそっと征一郎の名を呼んだ。

振り返るとそこには、見覚えのある執事が立っていた。椿が倒れた時、学院まで迎えに来たあの老人だ。

「間宮様。お嬢様がお会いしたいと申しておられます。どうぞこちらへ」

「俺を？　彼女たちではないのか？」

征一郎は、椿の友人である少女たちのほうを視線で示した。五月と柚子は、ホールのすみに準備された軽食のテーブルを囲んでいる。ワルツを終えて戻ってきた彩菜も入れて、珍しい舶来の菓子に夢中になっているようだ。

「はい。間宮様お一人をと申されています」

征一郎は一瞬ためらった。椿が自分にいったい何の用だというのだろう。このまま五月

たちに何も言わず、行ってしまって良いものだろうか。

　だが、

「どうぞお願いいたします、間宮様」

　深々と頭をさげる執事の表情には、隠しきれない苦悩や哀《かな》しみが浮かんでいる。それを見捨てることは、征一郎にはできなかった。

「わかった、行こう」


　執事が案内してくれたのは、館の最奥部にあたる部屋だった。それまでの重厚な雰囲気とはうってかわり、やわらかな白とグリーンを基調にした、美しい室内。

　そこに、椿はいた。

「来てくださったのですね、間宮先生。うれしいですわ」

「俺に何か話があるって？」

　執事はいつの間にか部屋を辞し、室内には椿と征一郎の二人だけが残されていた。

　椿も今夜は西洋のドレス姿だ。はなやかな美貌に、深いグリーンの大人びた装いがとても良く似合う。もしかしたら先刻まで、やはりあのホールにいたのかもしれない。

　だがその顔色は、あえて照明を落とし気味にした室内でもはっきりわかるほど、血の気が失せ、青ざめていた。せめてこれだけはと挿したのだろう口紅の彩りが、痛々しい。

「わたくしの病のこと……、お聞きになりまして？」

唐突に、椿は言い出した。

「ああ――。あまり無理はしないほうがいい」

「それは、今夜のことですの？　それとも――手術を受けないで意地をはっていること？」

「両方だよ」

征一郎の言葉に、椿は声にはせず、そっと笑った。

「先生にはおわかりになりませんわ。身体に醜い傷をつけなければならない女の気持ちなんて……」

不意に椿は両腕をあげ、背中へと回した。

やわらかな衣擦《きぬず》れの音をたてて、絹のドレスが脱ぎ落とされる。

「な、何を、長篠宮……!?」

あわてふためく征一郎の前で、ドレスが、ペティコートが、コルセットが脱ぎ捨てられる。やがて椿はわずかに絹の薄い布だけで身を覆った姿で、征一郎の目の前に立った。

「今日、先生をお呼びしたのは、わたくしの肖像画を描いていただくため……。それも、この生まれたままのわたくしの姿を」

椿はまっすぐに征一郎を見つめていた。

「先生だから、お願いしたいのです。先生にならきっと、一番美しいわたくしを描いていただけると思って――。わたくし、西洋のどんな貴婦人にも負けないつもりですわ」

椿は片腕で豊かな髪をかきあげ、彫像のようなポーズをとった。なだらかな肩、優美な曲線を描くウェストから腰、そして脚。肌は蝋のように青ざめているが、その肉体には髪ひとすじほどの崩れもない。それはまさに、美術品のような美しさだ。

「これからわたくしは、病み衰え、日毎に醜くなってまいります。だからその前に、せめて肖像画にとどめていただきたいのです。一番美しいわたくしの姿を！」

椿の声が震えている。それは死を目前にした決意のようだ。そこまで椿は、思いつめているのか。

「――醜いものか」

びろうど張りの長椅子に座り、征一郎もまた、椿の視線を受け止めた。

暗い窓を背景に立つ椿は、とても美しい。目がそらせない。

「病み衰えるのがいやなら、なぜ手術を受けない。たとえ傷跡が残っても、それはきみが懸命に病気と闘った証だろう。きみの命の証だ」

「命の、あかし……？」

「そうだ。俺はそんなきみを美しいと思う。手術を怖がって死に急ぐのは、病気から逃げる卑怯者《ひきょうもの》のすることだ。だが、生きようとあがき、必死に闘う椿は――美しい」

「美しい……。わたくしが——」

椿は呆然《ぼうぜん》と、征一郎の言葉を繰り返した。

「本当に……本当にそう思ってくださいますの？」

「ああ」

「本当に、どんなに醜い傷があっても、わたくしを美しいと……」

征一郎は無言でうなずく。

「わたくし——わたくし……」

椿のほほを、ひとすじの透明な滴がすべり落ちた。

「怖かったんです、本当は——。死ぬのはいや。でも手術も怖くて……ひとりぽっちで、どうしていいかわからなくて……！」

それは、この気位の高い少女が初めてこぼした本当の気持ちだったのかもしれない。

「大丈夫だ。椿ならきっと闘える。今までだって椿は、一生懸命に闘ってきたじゃないか」

「先生……！」

「約束する。椿の肖像画は、必ず俺が描く。だがその前に、病気を治して健康になるんだ」

征一郎は床に落ちたドレスを拾いあげ、それで椿の肩をくるんでやろうとした。

だがその手を、白い手がそっと押しとどめた。

「待ってください、先生……」

「──椿」

琥珀《こはく》のように澄んだ瞳が、征一郎を見あげている。

「わたくしに、勇気をください」

「……勇気？」

「病気から逃げ出さない勇気、手術を受ける勇気。──これから生きてゆくための、勇気」

椿の手が、征一郎の礼服の衿にそえられた。やがてそのほほが、胸にそっと押し当てられる。

「ま、待て、長篠宮──」

椿は小さく、いやいやと首を振る。先ほどまでのように、椿と呼んでほしいと。

すがりついてくるやわらかな肉体。ほのかに、舶来の香水がかおる。礼服の生地を通してつたわってくるこの熱さは、病によるものなのか、それとも──。

長いまつげには、まだ涙の滴が残っている。そして差し出される、唇。

征一郎はそれを拒むことができなかった。

やわらかく、火照る唇に、征一郎の唇が重ねられる。

触れるだけだったくちづけが、次第に深いものになっていく。

「本当に俺でいいのか……」

「ええ……。先生だからこそ──！」

暖炉のわきにある扉を開ければ、おそらく椿の寝室につながっているだろう。征一郎は椿を腕に抱いたまま、ゆっくりと扉に近づき、そして開けた。

椿のベッドは西洋風の天蓋《てんがい》に覆われたものだった。薄い紗《しゃ》のカーテンを持ちあげ、椿の身体をシーツの海へ導いてやる。

白いシーツに沈み込む椿は、まるで海の泡から生まれたという女神のようだと、征一郎は思った。

そして自分も衣服を脱ぎ捨て、待っている椿のかたわらへ行く。

「先生……」

もう一度、唇を重ねる。舌の先で椿の唇の形をなぞり、さぐり、やがてかすかに開かれたその隙間《すきま》へ、するっと滑り込ませる。

横たわっても形の崩れない胸のふくらみへ、そっと手をはわせる。まろやかな形を手のひらに包み込み、押しあげるように揉《も》む。吸い付くような肌触りだ。

人差し指をふくらみの頂点にかけ、小さな突起をくっと押しつぶす。

「……あっ」

かすかな声がもれた。

征一郎は同じことを二度、三度と繰り返した。もう一方の乳首にも同じことをしてやる。いたぶる指を二本に増やし、はさみ、軽くひっぱるように転がす。

「ここが気持ちいいのか？　そうなんだね。ほら、もう勃《た》ってきている……」

「あ――せ、先生……」

「そ、そんな、わたくし……」

椿は恥ずかしさに耐えないといった様子で、顔をそむけ、枕で表情を隠してしまう。

「いいんだ、椿。ありのままの椿を見せてごらん」

死ぬのも病も怖いと訴えた時のように。誰も知らない椿を。心のままの椿を。

征一郎は、右手をさらに下へゆっくりと降ろしていった。

髪と同じくやわらかな感触の若草を軽くからかってから、まだ硬く秘められている場所へとそっと指を差し入れる。

「あ――っ！」

短い悲鳴をあげ、椿の身体がかくんとふるえた。

両脚に力が入り、閉じようとするのを、征一郎は自分の膝《ひざ》で押しとどめ、開かせる。

そしてようやく花開いた部分へ、ゆっくりと指をかけた。

閉じあわされた肉の花びらをかきわけ、小さな泉の入り口をさぐる。

けれどそこはまだわずかに潤っているだけで、指一本ですらかたくなに拒んでいた。

「あっ！　せ、先生、そこは……！」

「いいから、じっとしておいで」

思わず身体を起こしかける椿を押さえ、征一郎はためらうことなく、少女の秘花にくちづけた。

「ああっ！　そ、そんな——だ、だめです、こんな……！」

「こうしないと、あとで椿がつらくなる」

椿の両脚は大きく開かされ、そこに征一郎の上半身が入り込んでいる。もう閉じることもできない。後はただ、男のなすがままに濃厚な愛撫《あいぶ》を受け止めるだけだ。

征一郎は微妙なひだの一枚一枚を確かめるように、丹念に舌をはわせていった。

「あっ……あ、だめ——。わ、わたくし、なんだか……！」

征一郎の腕に抱えられた細い腰がふるえ、かすかに跳ねる。

ぴちゃ、くちゅ……と、猫が水を呑《の》む時のような、淫《みだ》らな水音が天蓋の中に響いた。

ようやく指先に感じる程度だった椿の潤いは、やがて征一郎の唾液《だえき》と絡みあい、甘く熱い雫《しずく》となって泉を満たし始める。

征一郎は、わずかに口を開いた泉に、そっと中指の先端を滑り込ませた。

「あ——！」

「痛いか？」

「い、いいえ……。痛くはないけれど……な、なんだか、不思議な感じ……」

かすれる声で、椿はささやいた。

もう、男の前に秘められた箇所をさらけ出していても、恥ずかしさすら感じる余裕もないらしい。椿は唇を咬みしめ、硬く眼を閉じて、こみあげる感覚に耐えている。

さらにもう一本、進入する指を増やしてみる。椿はまた、小さく声をあげた。けれどそれはけして苦痛だけではなく、何か違うものを求めているように征一郎には聞こえた。

征一郎自身も、すでに痛いほどに張りつめている。

枕を取り、椿の腰の下にあてがう。そうすると椿の秘花が持ちあげられ、さらにあからさまに開かれることになる。けれどこれも、初体験の苦痛を少しでもやわらげるためだ。

「つらかったら、言うんだ」

そして征一郎は、ゆっくりと椿の中に身を沈めた。

「あっ——あ、あ……、あああーっ！」

細い悲鳴が響いた。

狭く熱い部分を力いっぱいこじ開け、突き進んでゆく。

「くっ……。やはり、きつい——」

征一郎も思わず声をあげた。

「あ、くぁ——ああっ！　せ、先生……っ!!」

「大丈夫か、椿……」

涙まじりのうめきに、征一郎は動きを停めた。やはりつらいのだろう。

だがその背中へ、椿は自分から精一杯の力ですがりついた。

「い、いいの……。いいから、きて……。きて、最後まで――！」

一瞬、今までにない強さで、椿の肉体が征一郎を押し出そうと抵抗した。だがそれをこらえ、さらに奥へと進んだ時。

征一郎のすべてが椿の中に呑み込まれた。

「ああ……あ、先生……」

「ほら、全部入った」

「あ、わたくし、の……。わたくし、の、なかに……」

「そうだ。――いいか、動くぞ……」

ゆっくりと身体を揺らす。最初はごく小さな動きで、椿の中をそっとくすぐるように。

次第に大胆に、大きく全身を突き動かすように。

「あっ、あ、あ――せ、先生……！　先生っ！」

椿は懸命に征一郎へすがりつき、その動きを受け止めようとする。

その精一杯の想いが、初めて貫かれた痛みを、少しずつ別のものに変化させていく。

きつく寄せられた眉根に、苦痛以外の表情がわずかに見え隠れする。白かったほほにも、紅色がさしていた。

「椿……」

征一郎はもう一度、深く唇を重ねた。

硬く勃ちあがり、熟した木の実のように色づいた乳首も、指先で摘んで刺激してやる。

「あっ、あ、なにか——な、なにか、へん……。わたくし、おかしく、なって……」

「もっとおかしくなってごらん。それが感じるっていうことなんだ」

「お、おなかの中が……あ、熱い……。熱いわ、か、身体が——!」

椿はうわごとのようにつぶやく。

征一郎を受け入れた部分が、火のように熱い。椿が味わっている言葉にならない感覚をかわりに表すのか、そこからはねっとりとした蜜《みつ》があふれ出していた。激しく抜き差しされる征一郎にからみつき、さらに淫らな音をたてている。

もう何も抵抗はない。椿のすべてが男を受け入れ、未知の感覚に酔いしれている。

「あっ、あ、先生! わ、わたくし、こんな……こんな、の……っ!!」

椿の身体が、大きくわななないた。

未熟ではあるがまぎれもない絶頂の悦《よろこ》びが、白い裸体を駆け抜けていく。

「あああっ!! ああ、先生ぃ——っ!!」

その瞬間、征一郎もまた、己れの欲望を吐き出していた。

年が明けるのを待って、椿は信州にある療養所へと向かった。

そこでは、長篠宮家が財力のすべてを傾けてでもと、世界各地から招いた高名な医師たちが、彼女の手術を執刀するべく待機しているのだという。

「では、行ってまいりますわ。皆様、ご機嫌よろしゅう」

旅立つ日も、椿は涙ひとつ見せず、美しい笑顔で学友たちに手を振っていた。

「心配なさらないで。わたくしは、このくらいのことで傷ついたりはしませんわ。わたくしはこれから闘いに赴くんですのよ。ですから皆様も、どうぞ笑顔でわたくしを送り出してくださいませ」

「闘い……？」

「そう。病魔と闘い、そして必ず、勝ってまいりますわ。このわたくしが、病気なんかに負けるとお思いになりますの？」

「そ、そうね……。椿ちゃんなら、絶対大丈夫ね！」

「ええ。ですから柚子。いつものように笑ってくださいましな。わたくし、あなたの笑顔が大好きでしてよ。さあ、皆様も！」

列車の出発を告げる汽笛が鳴り響く。

一等客車の窓から手を振る椿の、その誇り高いまでの強さの理由を、征一郎だけが知っていた。

第3章　春惜月《はるおしみづき》

「ねえ聞いて聞いてきいて！　椿ちゃんの手術が成功したの‼」

そのうれしい知らせが港の丘女学院の美術室へ飛び込んできたのは、年もあらたまり、冬の長期休暇が明けてからのことだった。

授業が終わるのも待ちきれず、昼休みに美術室へ駆けてきた柚子が、ドアを閉めることさえ忘れてそう叫んだのだ。

柚子の後ろには、朝一番に同じ知らせを教室で聞いたのだろう、五月と彩菜が輝くような笑顔で立っている。

「手術の後しばらくは療養してなくちゃだから、まだしばらくはこっちへ戻ってはこられないけど、もう何も心配しなくていいって！　長篠宮家の執事さんが教えてくれたの！」

「そうか、良かったな！」

「本当に……よろしゅうございました！」

征一郎も思わず大きな声で答えた。

「でねでね、霞ちゃん。春になる頃にはきっと、椿ちゃん自身が手紙を書けるようになるだろうって！　春になったら、椿ちゃんからお手紙がくるのよ‼」

柚子は霞の両手をとり、そのまま踊りだしてしまいそうだ。五月もさらに感激がこみあげてきたのか、小袖《こそで》のたもとでそっと目元を押さえていた。

「本当によろしゅうございましたわね、椿様のこと……」

香川邸へ戻り、自室の離れへ引き取ってからも、霞は何度となく同じ言葉を繰り返した。

「ああ、そうだな」

これで何回目だろうと苦笑しながら、征一郎もまた、同じ台詞でうなずいてやった。

征一郎の背広を手入れし、衣紋架《えもんか》けにつるしている霞は、長篠宮邸の舞踏会へは行っていない。あの夜、椿の部屋で何があったのかは知らないはずだ。

だが、聡明《そうめい》なこの娘なら、薄々は気づいているのではないかと、征一郎は思う。どんなに隠しても母親が子供の嘘《うそ》を見抜いてしまうように。

五月は、まったく気づいている様子がない。二時間近く舞踏会の広間から姿を消していた征一郎に、どこへ行っていたのかと訊ねはしたが、

「椿から肖像画を描くことを頼まれた」

とだけ説明すると、それでとりあえず納得したようだった。それもまた征一郎にとっては、胸に重いしこりが残ることではあったのだが。

もっと問いただしてほしいと、心のどこかで思う。その言葉が、それだけ五月が自分のことに関心を持ってくれているという証明でもあるのだから。けれども本当に五月が自分を問いつめた時、答える言葉がないのもまた事実だ。

自分はまだ、五月に何も言えない。――おそらくはどれほど時間が流れても、自分は何も言う資格がないのだ。

征一郎はまた、胸にかけた銀のペンダントを、衣服の上からそっと押さえた。
それから――暦はまた、静かに、よどみなくめくれていった。

信州からの手紙を心待ちにしていた柚子のもとに、淡い早春の香りを乗せた封書が届いた頃には、港を見下ろす街には春の盛りが訪れていた。

商店街のウィンドウにははなやかな色彩があふれ、今まで家の中に閉じこもっていた人々が先を争うように外出する。街路樹は初々しい新緑を輝かせ、そして恩賜《おんし》公園のソメイヨシノは、まるで薄紅色の綿雲をまとったように満開の花を咲かせていた。その夜桜の風情は、近隣では随一の美しさだという。

その盛りが過ぎる前に、一度女学生たちを連れてスケッチへ行こうか。ふと、そんなことを征一郎は思う。

私は桜吹雪が好き。花の盛りにいさぎよく散ってゆく姿が、とても好き――そんなことを言っていたのは、誰だろうか。

おぼろにかすむ三日月を眺めながら、征一郎はぼんやりと考えを巡らしていた。

もう、宵のうちはこうして障子を開けていても寒いことはない。

「少し早いですけれど、もうお床をとりましょうか、征一郎様」

「うん、そうだな。――頼む」

霞が布団の用意をする間、征一郎は女学生たちが課題として提出したデッサン画をながめる。指導を始めた当初は全員、見られたものではなかったが、このごろはかなりしっかりした画力も備わってきたように思う。

だが、

「……何だ？　なんだか門の外が騒がしいようだが――」

ふと、顔を渡り廊下のほうへ向ける。

「見てまいりましょうか？」

霞の言葉が終わらないうちに、

「大変――大変よ、征一郎！　征一郎!!」

ぱたぱたと身軽な足音が響き、そしてすぐに障子が大きく引き開けられた。

「どうしたんだ、五月」

「大変なの！　彩菜が、彩菜が――家出したって!!」

良家の娘のたしなみも忘れ、廊下に突っ立ったまま、五月は叫んだ。

「な、なんだって!?」

「本当なのよ！　今、逢沢さんのお宅の使用人がうちまで来たの。彩菜がここにいないかって！」

「あ、彩菜様が、そんな、どうして……」

「うちのほうからも男手を出して彩菜を探そうって、お父様がおっしゃってるの。彩菜の姿が見えなくなったのは夕方だから、まだそれほど遠くには行っていないだろうって」

「よし、わかった。俺も行こう」

征一郎は立ちあがった。

渡り廊下を走り抜ける征一郎を、五月が追いかける。

「私も行くわ！」

「だめだ。五月はここで、霞と一緒に待っているんだ」

時計の針はすでに夜七時をまわっている。若い娘が出歩いて良い時間ではない。

「でも――！」

「大丈夫だから、俺に任せておくんだ。それより五月、どこか彩菜の行きそうなところに心当たりはないか？」

「い、いいえ……」

「じゃあ、家出のわけは？　何か聞いていないか？　はっきりした悩み事ではなくとも、何かそれをほのめかすような――」

「あ……そういえば、彩菜ちゃん……」

冠木門《かぶきもん》のすぐそばまで征一郎を送り、五月は立ち止まった。弓道の稽古着《けいこぎ》姿を、白い月光が暗がりの中にくっきりと浮かびあがらせている。

「彩菜ちゃん、今度、婚約するんだって……」

「婚約？」

「そう。彼女のお父様が決めた方と。学校を卒業したら、すぐに結婚だって……」

もしかしたら、あの時の軍人かもしれない。かつて、長篠宮家の舞踏会で彩菜をエスコートしていた若い軍人の姿を、征一郎は思い出した。その顔までは記憶になかったが。

女学校に在学しているうちに婚約を発表し、卒業と同時に入籍というのは、良家の子女にとって別に珍しいことではない。それが親の決めた結婚であるのなら、なおさらだ。

「でもね、彩菜ちゃん――本当はそんな結婚、すごく嫌がってるみたいなの……」

うつむいて、つぶやくように五月は言った。

「いつか、聞いたことがあるわ。そんなふうに何もかもお父様に決められてしまうのは、我慢できない。彩菜ちゃん、言っていたの。自分の生き方くらい自分で決めたいって――」

「そうか……」

勝ち気そうなあの少女の言いそうなことだ、と、征一郎も小さく吐息をついた。

親に結婚を強いられた娘なら、誰でも同じ事を考えるだろう。事実、目の前にいる五月も、親に与えられた結婚相手を嫌ってわがままを言い、一年間もの猶予期間をもうけることにさせたのだ。

「お願い、征一郎。彩菜ちゃんを見つけて」

すがるような眼で、五月は征一郎の顔を見あげた。

「大丈夫だよ」

もう一度強くうなずいて見せてから、征一郎は香川邸で働く男たちとともに、夜の街へ飛び出していった。

絹のような月光が照らす街並みは、カンテラや提灯《ちょうちん》がなくてもものの姿がはっきりと見え、迷うことはなかった。

「俺は学院のほうへ行ってみる。君たちは港の方へまわってみてくれ！」

「へい、わかりやした、先生!!」

街からより遠くへ逃げるための鉄道はとっくに終電の時間を過ぎているが、念のため逢沢家から人手が出て、駅の周囲を見張っているはずだ。

後は、どこだろう。彩菜の行きそうな場所、行ける場所——。

すでに人影も途絶えがちになり、瓦斯燈《ガスとう》の青白い光だけが照らしている商店街の坂道を走り抜けながら、征一郎は必死に考えた。

その肩に、恩賜公園から舞い飛んできたのか、ひとひらの花びらが散りかかる。

「……そうか!!」

いさぎよく散る桜が好き。その言葉を口にしていたのは、彩菜だった。

彩菜は公園にいる。公園の、桜吹雪の中に。征一郎はそう確信した。

商店街の坂道をのぼり切ったところで右へ折れ、低いイチイの植え込みを飛び越える。

そこには、夢のように美しい宵桜の幔幕《まんまく》が征一郎を包み込むように広がっていた。

花びらが散る。ほほに触れるわずかな風にも、音もなく散っていく。千年の昔から日本人がもっとも愛《め》でてきた、春を惜しむ風情だ。

桜の下を惑うように行きつ戻りつしている散歩道。それもまるで桜で舗装されているようだ。花びらを踏みしめ、征一郎は呼吸を整えながら公園の奥へと進んでいった。

進むごとに桜の樹は密集し、薄紅色の闇であたりを覆い隠していく。

「……逢沢」

小さく、彩菜の名を呼んでみる。

「逢沢。いるんだろう。返事をしなさい」

少しずつ声をあげ、征一郎は呼びかけた。

しん、と静まり返る夜の空気の中、やがて――

「――先生、なの？」

かすれる声が、やっと答えた。

それはまるで桜の樹そのものが答えたような、細い寂しげな声だった。

「先生、一人だけ……？」

「ああ、そうだ。俺だけだ」

白と茶色の桜の幹から、見覚えのあるくちなし色のショールが覗《のぞ》く。そしてすらりとした姿が、音もなく現れた。

彩菜は、学院で見た時と同じ、小袖と女袴《にょばかま》の制服姿だった。

「なあんだ、もう見つかっちゃったんだ」

まるでかくれんぼで鬼につかまった子供のように、彩菜は笑って見せた。けれどその声には、少し疲れたような哀《かな》しい響きがある。

正直に言って、征一郎は彩菜にどんなことを言えばいいのか、まったくわからなかった。

「なんて、ね。本当は私も、このまま家から逃げられるなんて、思ってなかったの。こんなことしたって、どうせすぐに捕まってしまうだろうって、最初からわかってたわ」

「じゃあ、どうして……」

「困らせてやりたかったの、お父様を」

彩菜の唇がかすかにふるえていた。

「わからせてやりたかった。私はお父様の思い通りに動く人形なんかじゃない、ちゃんと自分の頭で考えて、動くことのできる人間なんだって。私にだって意志があるんだって」

「――逢沢」

彩菜の言葉は、そのまま征一郎自身と彼の父親との関係だった。

間宮貿易の後継者として、つねに進む道を固定されていた自分。征一郎の未来をすべて先回りして決定してしまう父。それを当然だと思っていた父。

西洋絵画を学ぶという口実で巴里《パリ》へ渡り、遊び暮らしていたのも、征一郎ができる精一杯の父への反抗だった。そして父・平蔵は征一郎の反抗を正面から受け止めることをせず、息子を無能者と判断して放り出した。

そして今、彩菜は——。

「お父様は、いつだって私のすることを全部自分で決めてしまったわ。本当は女学校へも行くなとおっしゃったの。女によけいな学問は必要ないって。でも私は、どうしても学校へ行きたかった。いろいろなことを学んでみたかったのよ」

「そして、とうとうわがままを押し通した……？」

「ええ、そう！　この髪の毛だって、そうよ。お父様は髪を短く切って、社会の先頭に立って働く職業婦人たちが大嫌い。いつも、男の場所に女がしゃしゃり出るなんて許せん、女はおとなしく家庭を守っておれって演説してるわ。だから私、自分でばっさり切ってやったの。私も男性と同じように社会に出て働いてみたいんだって、私にはその能力があるんだって、お父様にわからせるために！」

良家の子女ばかりが集まる港の丘女学院において、ひときわ目立っていた彩菜の断髪は、こんな意味があったのか。ややはすっぱにさえ聞こえる言葉遣いも、おそらくは同じ理由なのだろう。

ややきつめの大きな瞳が、暗い公園の風景をじっと見据えている。まるでそこに、彼女の父親が立っているかのように。

「でも結局、私のしたことなんて、全部意味がなかった……。お父様には、私の考えなんか何一つ伝わっていなかったのよ」

「——婚約のことか」

「そう！　女学校にも行かせてやった、そのみっともない頭にも目をつぶってやった。だから、もうわがままは許さない、学院を卒業したらすぐに結婚しろ、ですって！」

おそらく父親が選んだ彩菜の結婚相手は、舞踏会の夜に見かけたあの若い軍人なのだろう。父親自身が基地司令官であるのだから、娘を軍人に嫁がせようとするのも当然だ。何よりもこの国では、二つの対外戦争に勝利して以来、次第に軍部の力が強まってきている。

「逃げ出せるなんて、思ってなかった……。たとえ家出して、東京とかに行ったとしても、仕事なんかないだろうし、しょせん私一人じゃ生きてはいけないんだもの。わかっていたの、最初から。でも私、でも……!!」

彩菜の声がふるえた。

「逢沢——」

「悪い子になりたかったの。うんと——うんと悪い子になって、お父様を困らせてやりたかった！」

　胸の奥からこみあげるものが一気に爆発したような、熱い激しい声。

　その激しさのままに、彩菜の身体がどん！と征一郎の胸にぶつかってくる。

「ねえ先生！　私を悪い娘にして‼　お父様が顔をそむけるような、うんと悪い、ふしだらな娘にして‼」

「あ、逢沢⁉」

　しがみついてくる力は、思いのほか強い。それはすなわち、彩菜の胸の中でうずまいている行き場のない感情の激しさだ。

　彩菜は懸命に征一郎の胸にしがみつき、背広の衿《えり》を握りしめる。その肩に両手をかけ、征一郎がとりあえず彼女を押しのけようとすると、力を込めて頭を振り、ますます強く身体を寄せてくる。

　熱い。衣服の生地を通して、彩菜の涙が熱く、征一郎の肌に触れてくる。

「一度だけでいいの！　一度だけでいいから、先生！」

「逢沢……」

「彩菜、と呼んで――。駆け落ちする恋人同士は、みんな名前で呼びあうんでしょう？」

　思わぬ言葉にぎょっとした征一郎に、彩菜は顔をあげ、微笑《びしょう》してみせた。

「大丈夫よ。一緒に逃げてなんて言わないから。ただ……今だけで、いいの。今だけ、そんなお芝居をしてみたいの。……わかって、征一郎——」

けれど見あげてくる瞳は、涙をたたえている。唇もかすかにふるえ、泣き出すのを懸命にこらえているようだ。

「——彩菜」

言葉で答えるかわりに、征一郎は彩菜の身体を精一杯の力で抱きしめた。


「ここで、いいのか。このままで——」

「言ったでしょう、うんと悪い娘になりたいって……」

頭上では、満開の桜が白く月光に浮かびあがり、まるで海中から光る水面を見あげた時のようだ。

二人がわずかに身動きするたびに、花びらははらはらと舞い落ち、降り積もってゆく。

「ここで、抱いて……。征一郎」

彩菜は自分の手で、小袖の衿を抜き、くつろげた。白い首すじから鎖骨が、夜の空気にさらされる。

いきなり冷たい空気に触れ、わずかに粟《あわ》だった肌に、征一郎は唇を押しあてた。

ゆるんだ小袖の上から丸い乳房をつかみ、その重みを確かめるように手の中に包み込む。

下から押しあげ、小袖の生地をとおしてもはっきりとわかる小さな突起に親指が触れると、さらにその形を布地の中から浮かびあがらせるように刺激してやる。

「あっ……」

彩菜が小さく声をあげた。

びくん、と背中がふるえる。

「な……なんだか、それ——。そこ、そうされると……」

「痛かったか？」

「う、ううん、違うの。なんだか……あ、あ——。じん、としちゃう……」

白かったほほを桜色に染めて、彩菜は切れ切れにつぶやく。潤み始めた目元には、はっきりと悦《よろこ》びが浮かんでいた。

征一郎は両手で胸のふくらみをつかみ、乳首をころがしてやった。

彩菜が焦《じ》れったそうに小さく身をよじる。

「あ、暑い……。ねえ、先生——暑いよ……」

そして自分から開きかけの小袖の衿に手をかけ、一気に引き抜いた。

真っ白な乳房からくびれたウェストまでが、あらわになる。そしてふくらみの頂点で揺れているふたつの乳首は、すでに濃い桜色に色づき、ぷつんと硬く勃《た》ちあがっていた。

そのひとつを、征一郎は口にふくんだ。

舌先でころがし、吸い、軽く歯をたてる。

「あっ！　く、あ……！　ど、どうして——こんな……。違う……ぜ、全然違うよ……。自分でさわった時と、全然違うの……！」

もう一つのほうにも同じことをしてやると、彩菜はさらに悲鳴をあげ、身体をのけぞらせた。

厄介《やっかい》な女袴の紐《ひも》に征一郎が苦労していると、自分から腰を浮かし、紐を解く。女学生たちの誇りとも言える制服の袴が、ばさりと地面に落ちた。

彩菜の裸体に、桜吹雪が散りかかる。

「きれいだよ……」

キスをしながら、征一郎はささやいてやった。

彩菜は、親に許されない恋人たちの逃避行という、一時の幻を見ている。それなら、その芝居にふさわしい台詞を言ってあげようと思ったのだ。

「ああ、うれしい……。うれしい、征一郎——」

しがみついてくる彩菜の身体はもう、征一郎が支えてやらなければ立っていることもできない。征一郎は彼女の向きを変えさえ、背後の桜の樹に胸からもたれかからせるようにしてやった。

そして腰からお尻の丸みに手をかけ、脚を大きく開かせる。

「あっ……、い、いや、こんな恰好《かっこう》——」

「どうしてだ？　悪い娘になりたいと言ったのは、彩菜だろう？」

夜の公園で、誰に見られるともわからない場所で、自分から男を誘って犯されることをねだる、悪い娘。最下層の娼婦しかしないような行為を、金銭のためではなく、ただ自分の快楽のために求める、もっともふしだらな娘。

「そんな娘には、これがお似合いだよ——」

桜の下に、淫《みだ》らな花が咲いている。そこに、征一郎は指を差し入れた。

「……あぁっ！」

二本の指が進入した秘花は、すでにとろりとした熱い蜜《みつ》をたたえていた。

花びらをかきわけ、ゆっくりこね回すと、くちゅ……くちゅ、ちゅぷ、という淫らな音がはっきりと聞こえる。

「おや……。もうこんなにしていたのか、彩菜は——」

「そ、それは……あ——。あ、だ、だって……だって、征一郎が、ああ……っ！」

「ほんの少しいたずらされただけで、こんなに濡《ぬ》らして……。ほら、どんどんあふれてくるぞ。こうして——こうして、やると……」

「あっ、だ、だめ！　だめ——ああん、悦《い》いっ!!」

彩菜の背が大きくのけ反る。

重なりあう肉の花びらをかきわけ、さらに指を奥深くへすすめる。隠れていた小さな快楽の真珠をさぐり出す。

「ああんっ!!　あ、ああっ!!　そ、そこはぁ——！」

「感じるのかい、彩菜？」

「え、ええ……。い、悦いの、すごく——！　ど、どうして、こんな……あああっ！」

小さな入り口に指を突き立てると、彩菜は全身をがくんと大きくふるわせた。征一郎の手のひらには、ねっとりと糸を引く快楽の蜜があふれるほど滴り落ちてくる。

「お、お願い、征一郎……。も、もう——もう、来て……！」

自分から秘花を男の手に押しつけるように腰をゆすり、あられもない言葉を彩菜は口にする。

征一郎は背中から彩菜を抱きしめ、身体を密着させた。

スラックスの前だけをくつろげ、すでにいきり立つ自分自身をつかみ出す。

「いいか、挿れるぞ」

「ええ——きて、きて、早く……っ！」

充分に濡れそぼった花園に欲望の先端を押し当てる。そして征一郎は、一気に彩菜を貫いた。

「あああああ——っ!!」

高い悲鳴が響いた。

一瞬、処女の抵抗感が征一郎を拒否しようとする。

けれど全身に力を込め、大きく突きあげると、一瞬で征一郎は根本まで彩菜の中に包み込まれた。

「あ、く……。く、うう……っ」

生まれて初めて異物に進入された彩菜は、きつく眉《まゆ》を寄せ、桜の幹にしがみつく。唇を咬みしめ、幹に爪《つめ》をたてて、苦痛をこらえているようだ。

だがそれも、征一郎がゆっくりと動き出すと、

「あ……っ」

熱い、ため息のような声が、こぼれた。

「あっ、あ——ああ……ん——っ」

「痛くないか？」

「う、うん……平気——。少し、痛いけど……で、でも、でもなんだか、私……」

征一郎は彩菜の細いウェストを両手でつかみ、埋め込んだものを抜き差しする。最初は半分ほど引き抜いたものを、またゆっくりと押し戻す。そのたびに、くちゅ、ぐちゅっとこね回される肉が淫らな音をたてた。

「あぅ、うう……っ！　く、あああんっ!!」

高い悲鳴は、あきらかに快楽のほとばしりだった。

征一郎の動きが次第に速く激しくなってくると、彩菜の腰もそれに応《こた》えるように揺れ動き始める。誰に導かれたわけでもないのに、小さく円を描くようにうごめき、自分をつらぬくものをさらに奥へ導こうとする。

熱い愛液が、さらにあふれ出す。それは秘めやかなあわせめから大腿部までも濡らし、ぱた、ぱたりと地面へしたたり落ちていった。

「彩菜は悪い娘だな……」

真っ赤に色づいた耳元に唇を寄せ、征一郎はささやいてやった。

「あっ――あ、な、何……」

「初めてなんだろう？　彩菜。男に、こんなことをされるのは……」

「は、初めてよ……。こ、こんな、こんなこと、初めて……あ、ああんっ！」

「初めて犯されたのに、彩菜はこんなになっているのか。こんなに感じて、悦んで――ほら、彩菜のここもうぐちょぐちょだ」

「い、いやあ……！　そんなこと、言わないでぇ……」

「だって本当だろう？　見てごらん、彩菜の蜜で地面までべとべとだよ」

「うそ、うそぉ……。そんなこと、ない……っ！」

腰を支えていた右手を、征一郎は前へ回した。二人がつながりあっている部分の少し上、肉のはざまに隠れている小さな紅色の突起を、指先でさぐり出す。

「ああっ！　あっ、あ、そ、そこはああっ!!」

「気持ちいいんだろう？　彩菜。言ってごらん？　ここを、こうされると——」

濡れてひくついている真珠を、こりこりと摘む。押しつぶし、爪をたてる。

「あああああ——っ!!」

「言ってごらん、彩菜。どうなんだい？　ここを責められて、男に犯されて、どんな気持ちがするんだ？」

「い、いいのぉっ！　気持ちいいーっ!!　あっ、あぅ、あああんんっ!!」

彩菜の秘花は、最奥まで呑《の》み込んだものに絡みつき、さらに深く感じようと激しく痙攣《けいれん》する。

征一郎もその強烈な刺激に耐えられなかった。彩菜の身体をつかみ、無我夢中で突きあげる。

「悪い娘だ、彩菜は。——こんな、こんなにいやらしくて、欲張りで！」

「そ、そうなのっ！　彩菜は、悪い娘ですっ！　悪い娘なの——!!」

二人の激しい動きに揺さぶられ、嵐のように桜が散る。

「ああっ！　あ、ああっ！　悦い、いい、征一郎ぉっ!!」

彩菜の身体がひときわ大きく、激しく痙攣した。

「だ、だめ、イク――私、もう、イクぅっ‼」

「ああ、俺も……俺も、イクぞっ！」

「い、一緒に――！　あああ、あ、くあああああ――っ‼」

そして二人の欲望が、夜桜の下に噴きあがった。


桜の樹にぐったりともたれかかり、荒い呼吸に耐えている彩菜の、乱れた衣服を簡単になおしてやる。

「――先生」

「おや？　もう『征一郎』じゃないのか？」

「うん……」

彩菜は小さくくすっと笑った。

「家出ごっこはもうおしまい――」

やがて彩菜は、自分の脚で立ちあがった。

激しい快楽の余韻が残るのか、まだ少しふらついているが、それでももう、征一郎の支えの手を求めようとはしない。

「わかってたんだ。こんなことしても、何もならないって。悪い娘になって、お父様から逃げても、結局は同じ。逃げてちゃ何も変わらないんだわ……」

「逢沢」

「――家に帰ります、私」

きゅっと唇をあげ、彩菜は笑う。声にはしないその笑みは、力強い意志に満ちていた。

「もう一度、お父様と話しあってみる。結婚より家庭に入るより、私にはどうしてもやりたいことがあるんだって」

「……そうだな」

「先生、ありがとう」

自分で着物の乱れを直し、彩菜はまっすぐに立つ。髪に残った桜の花びらを払い落とせば、先ほどの行為の名残りはどこにもなかった。

「一人で帰れるのか？　送っていこう」

「いいえ、結構です。自分のことは自分でやるって、決めたの」

その言葉通り、覆いかぶさる桜の中を、彩菜は歩き出した。

「私はもう大丈夫よ。――先生には私なんかより、もっと大切にしなければならない人がいるでしょう？」

「……逢沢」

彩菜はもう何も言わなかった。

最後にまた、あの強い輝くような笑みを見せて、そして歩き出す。まっすぐに前を見つめて。

征一郎は黙ってその後ろ姿を見送った。

――もっと、大切にしなければならない、人。

考えなければいけない、人がいる。

猶予期間として与えられた時間は、すでに半分近くが過ぎてしまった。

最後の日が訪れたら、自分はいったいどうするのだろう。

はっきり自分を見据え、そして心を決めた彩菜のように、迷わず歩き出せるだろうか。

……桜はただ、音もなく散り急ぐのみである。

第4章　風待月《かぜまちづき》

彩菜の家出騒動は、逢沢家の外にはもれることなく処理されたようだった。もちろん、港の丘女学院の教職員でこのことを知っていたのは、征一郎一人きりだ。

卒業と同時に結婚という話も、とりあえず延期と決まったらしい。

彩菜は昨日までとまったく同じ顔で、学院に通ってきていた。教室でも、クラブ活動の美術室でも、いつもどおり明るく、男勝りと見えるほどの言動だ。デッサンもそっちのけで新聞を広げていたりもする。

「だって家じゃろくに新聞も読めないんだもの。お父様がやかましくって。女がさかしらに政治のことなど口にするんじゃないって」

まだ、父親とは意見の一致は見られないらしい。征一郎は苦笑して、彩菜のやりたいようにさせていた。

彩菜ならきっと、解決の道を見いだせるだろう。自分自身の力で。

友人が無事に自宅へ戻ったことを知った五月は、半分泣き笑いの表情で、征一郎に礼を言った。

「ありがと……。良かった、彩菜に何にもなくて――」

「あ、ああ……」

「征一郎のおかげね。征一郎が彩菜を説得してくれたんでしょ？　お家に帰るようにって」

「うん、まあ――。いや、別に俺が行かなくたって、逢沢はきっと自分から家に戻ったさ。

頭のいい娘だからな。ちゃんとわかっていたはずだよ」

「そうね……」

やがて五月は、くすっと小さく笑った。

「ん？　何だ？」

「だって……征一郎、なんだか先生みたいよ」

「なんだかって、俺は教師だぞ」

「それはそうなんだけどぉ……。でも、やっぱりまだあんまり似合ってないみたい、そういう台詞」

征一郎はそれ以上反論せず、五月が笑うままにさせていた。

やはり五月が笑っているほうが、安心できる。

征一郎の願いどおり、五月は家でも学校でも、今はいつもどおりの笑顔を見せていた。

「ねえねえ。椿ちゃん、もう療養所からお家に戻ってきてるんでしょ？　今度みんなでお見舞いに行こうよ！」

「そうだね。今度の日曜日にでも行こうか」

「今度の日曜って——みんなで菅平美術館に行きましょうって言ってなかった？　ほら、帝都美術展が開催されているからって」

「あ、そうだったっけ！」

「大丈夫だよ。美術展を見てからでも、充分お見舞いに行けるって」

やや汗ばむほど強くなってきた日ざしに満たされた美術室で、少女たちはにぎやかに笑いさざめいていた。

征一郎は窓辺により、彼女たちのおしゃべりをとがめたりはせず、好きなようにさせていた。美術室のかたすみでは、霞が同じようにそれを眺め、微笑《びしょう》している。

窓の外は、すでに初夏のまばゆさに包まれていた。


「センセェ！　センセ、ねえ早くーっ!!」

夏至も近づいた、日曜日。

征一郎は、美術クラブの女学生たちを連れて、港の丘恩賜《おんし》公園の遊歩道を抜けていった。

椿の姿はまだないが、今日の午後から皆で見舞いに行くことになっている。長篠宮家の執事の話では、椿の回復は順調で、本人はたとえ一年遅れても女学院に復学し、きちんと卒業したいと希望しているという。

霞も、一番後ろから静かについてきていた。私服姿のほかの少女たちにあわせてか、今日はいつものメイド服ではない。さわやかな青を基調にした洋装は、征一郎が見立て、霞に与えたものだ。

郵 便 は が き

切手を
お貼り
ください

166-0011

東京都杉並区梅里2-40-19
ワールドビル202
株式会社 パラダイム
PARADIGM NOVELS
愛読者カード係

住所 〒 TEL ( )			
フリガナ		性別	男 ・ 女
氏名		年齢	歳
職業・学校名		お持ちのパソコン、ゲーム機など	
お買いあげ書籍名		お買いあげ書店名	

PARADIGM NOVELS 愛読者カード

このたびは小社の単行本をご購読いただき、まことにありがとうございます。今後の出版物の参考にさせていただきますので下記の質問にお答えください。抽選で毎月10名の方に記念品をお送りいたします。

●内容についてのご意見

(　　　　　　　　　　　　　　　　　　　　)

●カバーやイラストについてのご意見

(　　　　　　　　　　　　　　　　　　　　)

●小説で読んでみたいゲームやテーマ

(　　　　　　　　　　　　　　　　　　　　)

●原画集にしてほしいゲームやソフトハウス

(　　　　　　　　　　　　　　　　　　　　)

●好きなジャンル（複数回答可）

□学園もの　□育成もの　□ロリータ　□猟奇・ホラー系
□鬼畜系　□純愛系　□ＳＭ　□ファンタジー
□その他（　　　　　　　　　　　　　　　　）

●本書のパソコンゲームを知っていましたか？　また、実際にプレイしたことがありますか？

□プレイした　□知っているがプレイしていない　□知らない

●その他、ご意見やご感想がありましたら、自由にお書きください。

ご協力ありがとうございました。

「ふう……。暑いわね、今日は——」

「ほんと。よく晴れてるし。雨が降ればむしむしするし、晴れれば真夏みたいだし……」

「もう！　彩菜ちゃんも五月ちゃんも、遅いおそぉい!!」

先頭に立って走っていくのは、柚子だった。

これからみなが向かおうとしている菅平美術館は、彼女の祖父が菅平百貨店の文化事業の一環として経営しているという。

「ほら、こっちよ！　こっちの植え込みを抜けていくと、近道なの!!」

あざやかな緑に輝く桜並木を抜け、坂道をあがりきると、やがて平屋建ての西洋建築が見えてくる。モルタル造りの外観は、西欧よりは亜米利加《アメリカ》のモダン建築の影響を強く受けているようだ。

入り口には『帝都展』の立て看板がある。

玄関をくぐると、ひんやりした空気が身体を包んだ。

白く装飾のない壁は、訪れる者の視線をすべて展示の美術品に集中させる効果を持つ。

王侯貴族の出資を受け、そのコレクションを収納することから始まった西洋の華麗な美術館にはない、清潔感すら漂うデザインだ。

少女たちはゆっくりと館内をめぐり、新進気鋭の芸術家たちの作品を鑑賞する。

時折り彼女たちから意見を求められると、征一郎は短い解説をしてやった。現在、西欧で主流となっている印象派画家たちの活躍、そこからさらに生まれようとしている新しい美術の潮流。

女学生たちは無論、霞も、征一郎のよき聞き手であった。

「あら？　こっちのお部屋は『帝都展』の作品じゃないのね？」

「あ、そっちは常設展示よ。うちのお祖父《じい》ちゃまや伯父様がたが個人で集められたコレクションが飾られてるの」

「うわさの菅平コレクション、というわけか」

美術館の中でももっとも奥まった一室に展示されていたのは、肖像画を中心としたルネッサンス以降の見事な絵画たちだった。

「ほう……。これはルーベンスだな。こっちはヴァン・ダイクか――」

征一郎も思わず夢中になり、ひとつひとつの作品を食い入るように鑑賞する。

歴史的な大家の作品も何点か飾られているが、まだ無名の作家――それも日本人画家の手による肖像画も、無造作に並べられている。

「おや――？」

そこに描かれているのは、みな日本人だった。おそらく菅平一族の人々なのだろう。こうして一族の肖像画を何点も描かせ、それを一族の象徴となる城に飾るのは、西欧の貴族によく見られる習慣だ。城の『肖像画の間』までは真似《まね》られなかったが、江戸時代はしがない乾物屋でしかなかったという菅平一族の、これは、自分たちが日本社会にここまで台頭してきた、という意気込みでもあるのだろう。

肖像画に描かれた男性はみな、誇らしげに額縁の中からこちらを見下ろしている。女性たちは洋装で、一族の財力を象徴するみごとな宝飾品を身につけ、はなやかに美しい。

やがて、そのひとつの絵の前で、征一郎の足が止まった。

「こ、これは……」

それは、まだ若い貴婦人の肖像だった。

髪を高く結いあげ、ティアラではなく真珠と造花の髪飾りをつけている。手にはベネチアンレースの扇。ドレスの衿《えり》が高く、胸元をしっかり覆って肌を見せていないところを見ると、モデルの女性がまだ未婚の時に描かれたのかもしれない。

だがそのほっそりした顔立ちに、征一郎は見覚えがあった。

「――マダム」

思わず、つぶやく。

それはまぎれもなく、巴里《パリ》で征一郎をいとおしんだ、あの女性だった。

征一郎が出会った時の彼女は、すでに結婚し、子供も出産していた。だが日本での堅苦しい生活にうんざりして、夫も幼い娘も捨てて、巴里へ逃れてきたのだ。

髪型はかわり、ドレスに包まれた肉体は豊かに成熟して、この肖像画とは印象が違う。

けれどこれは間違いなく、あのマダムだ。

どうしてあのひとの肖像が、ここに……。征一郎は声もなく、壁の絵を見つめていた。

だが、その時。

「その絵のひと……知ってるの？　センセ」

背後から、小さな声が聞こえた。

「え……っ⁉」

「知ってるのね、やっぱり」

慌てて振り返った征一郎の目の前に、ふわふわと揺れる髪がある。

「――菅平」

「このひと、ね」

柚子は征一郎のわきをすり抜けるようにして、貴婦人の肖像画の前へ進み出た。

「このひと、柚子のママなの」

「な……っ⁉」

征一郎は、一瞬自分の耳を疑った。

マダムの名字が菅平だということは、巴里にいる頃から知っていた。外国暮らしが長いことは、彼女が富裕な一族の出身であることを証明している。だから、彼女が菅平物産の一族と関連があることは充分に考えられた。

しかし、目の前の自分の教え子と、かつての愛人とを、まさか結びつけて考えようとは思わなかったのだ。

「柚子、センセとママのこと、みんな知ってるの」

「……す、菅平っ⁉」

柚子はけして征一郎を見ようとはせず、まるで独り言をつぶやくように、言った。

「本当のこと、みんなに知られたくなかったら、今夜また、この美術館の前まで来て」

「な、何を、菅平……」

「来てくれなかったら、センセが巴里でママと何をしてたか、全部しゃべっちゃうから。……椿ちゃんにも彩菜ちゃんにも、五月ちゃんにも」

見下ろす柚子の肩が、かすかにふるえている。

ほかの少女たちは美術鑑賞に夢中で、すでに肖像画の小部屋を抜け、別の作品を眺めている。征一郎と柚子の会話に気づいた様子はまったくない。

征一郎は黙って、うなずくしかなかった。


その夜、あたりが完全に宵闇に閉ざされるのを待って、征一郎は香川邸を抜け出した。

霞にだけは見つかってしまったが、征一郎がいいわけを思いつけずに口ごもると、

「お気をつけて、いってらっしゃいませ——」

畳に指をつき、黙って彼を送り出した。

冠木門《かぶきもん》のわきのくぐり戸を抜け、夜の街へと出ていく。

陽が落ちても、日中のむし暑さはまだ残っていた。少し足を早めると、うっすらと汗が浮かぶほどだ。

菅平美術館は恩賜公園のもっとも奥まったところにある。香川邸からは男の足でも十数分ほどかかった。

やがて征一郎の前に、平たい建物の影が黒々と浮かんだ。

建物と芝生の広い庭とを取り囲む、装飾的な鉄の柵《さく》。いずれはそこにバラのつるが絡むという。

その前に、うずくまる人影が見える。

菅平か、と征一郎が声をかける前に、

「センセ……。ほんとに来てくれたのね」

少し舌っ足らずの声が、征一郎を呼んだ。

膝《ひざ》をかかえて柵の前に座り込んでいた柚子は、ゆっくりと立ちあがった。それでも彼女の背丈は、征一郎の肩までもない。

「菅平。お前が何を考えているのか知らないが——」

「センセ。こんなとこに二人っきりでいるとこ、誰かに見られたら……困るでしょ?」

「あ――ああ、そうかもな……」

「ね。中に入ろ」

柚子は背後の美術館を示した。

「ほら。これ、玄関の鍵なの。ここはお祖父ちゃまの持ち物だから」

そして征一郎の返事も待たずに、低い鉄柵に手をかけ、ぴょこんと乗り越える。

「ね。早く、センセ」

征一郎もそのあとをついていくしかなかった。

柚子が小さなびろうどの手提げから出した鍵は、美術館玄関の大きな扉を簡単に開けた。

内部は、灯りひとつない。まだうっすらとものの形が見えていた外に比べ、完全な闇の中だった。空気も動かず、ひんやりとしている。

「じっとしてて……。今、灯りをつけるから」

やがて柚子の手元に、小さな炎がともった。携帯用のオイルランプ。

オレンジ色の光の輪が生まれ、柚子と、征一郎を照らし出す。

柚子は無言で歩き出した。向かうのはもっとも奥に配置された小部屋――あの肖像画が飾られた間だ。

柚子がかざすランプの光に、美しい若い貴婦人の肖像が照らし出された。

「ママ……」

まだ若かった母親の姿を見あげ、柚子はつぶやく。

「センセ――ママとおつきあいしてたんでしょ？　巴里で……。パパのところに来たお手紙に、センセの名前が書いてあったもの」

「手紙？」

「ママが書いたんじゃないのよ。パパ、遠くの国でママが何をしてるのか、いつも誰か人をやって調べさせてるの。それを報告するお手紙。ママがお引っ越ししたり、新しいお友達をつくったりするたびに、船便で欧羅巴《ヨーロッパ》から手紙が着くんだ」

「……そうなのか」

母親の不行状を知らせる手紙を、父親が進んで娘に見せるとは思えない。おそらく柚子は何かの隙《すき》に、父のところへ届いた手紙をこっそり盗み読みしたのだろう。

「ママは――お手紙なんか、くれないもの。一度だって、柚子にお手紙くれたことなんか……ないもの。ママは、柚子がキライなの」

「――そんなことはないと、思うぞ。自分の子供を嫌う母親なんて、いるものか」

「うそ！　だったらなぜ、ママは柚子を置いていっちゃったの⁉　何年も何年も柚子に会いに来てくれないの⁉」

「菅平……」

「パパだってそう。柚子のほしがる物はなんだって買ってくれるけど、でもそれだけ。柚子とゆっくりお話してくれたことだってないもの。みんな……みんな、柚子がキライなの。柚子は――ずっとひとりぽっち……」

柚子はランプを床の上に置き、そのまましゃがみ込んだ。

「ひとりぽっちなの――柚子は……」

語尾は、かすかに涙がにじんでいた。

「ねえセンセ。センセは、いつもママとどんなお話をしてたの？」

「ど、どんなって……」

「一緒にどこかへ出かけたり、した？　二人でいる時は、楽しかった？」

マダムとは、ベッドでの楽しみのほかにも、一緒にシャンゼリゼの大通りを散歩したり、馬車で遠乗りに出かけたりもした。食事、ショッピング、連れ立って、観劇に行ったこともある。それはそれなりに楽しかった。けれどそれを、ここで柚子に言えるものだろうか。

「何をしてたの？　いつもママと二人で」

「な、なにって……」

征一郎は思わず返答につまる。

柚子は、征一郎が自分の母の愛人であったことを、知っている。父親のところに届いた報告書の意味を、すべて理解しているのだ。

「ママは、きれいだったでしょ？」

「あ、ああ――」

「柚子は？」

「――えっ⁉」

「柚子は、きれいじゃない？　ママみたいにきれいだっては、思えない？」

床にぺたんと座り込んだまま、柚子は征一郎をまっすぐに見あげた。

征一郎が戸惑い、答えられずにいると、

「そうなんだ……。やっぱり、柚子は誰からも可愛《かわい》いなんて思ってもらえないんだ……」

柚子は小さくつぶやいた。精一杯、皮肉っぽい笑いを浮かべようとするが、その努力はすぐに、自分自身の涙に裏切られる。

まるい、すべすべしたほほを、涙の粒がころがり落ちていった。

「……菅平！」

「だってそうでしょ⁉　ママもパパも、柚子のことなんかちっとも可愛くないんだもん！

柚子なんか――柚子なんか……‼」

「それは違う、そんなことは――」

「だったらセンセ、柚子にもおんなじ事、して！　ママとおんなじ事、柚子にもして‼」

それは、征一郎にとって予想もしていなかった言葉だった。

深夜に出てこいと言われた時、きっと誰もいない場所で自分と柚子の母親とのふしだらな関係を強くなじられ、責められるのだろうと思っていた。この年頃の少女たち特有の潔癖さと純真さで。菅平柚子は、征一郎の教え子たちのなかでも、もっとも幼く、まだ子供子供した少女だと見えていたから。

それが今、自分から征一郎の身体に手をのばし、すがりついてくる。

「ねえ、ママとおんなじ事、して！　柚子にもできるから。ママがしたこと、みんな、みんな柚子もできるから!!」

ほのかに立ちのぼる、甘い汗の匂《にお》い。薄いシャツを通して感じる、小さな熱い手のひら、やわらかな身体。

柚子は自分から唇を差し出した。それを征一郎が顔をそむけ、こばもうとすると、懸命に背伸びをして、キスしてくれとねだる。

「ママは、センセのこと、なんて呼んでたの？　征一郎さんって、そう呼んでた？」

「いや……そうだけど、それは――」

征一郎が答えに詰まる間に、柚子の小さな手は征一郎のワイシャツのボタンにかかり、ひとつひとつをややぎこちない手つきで外していく。

「ママは――こうしてたんでしょう？　こうして、自分から征一郎さんの服を脱がせて、そして自分も……」

明るいひまわり色のワンピースが、細い肩からするっと滑り落ちた。

柚子は、下に着ていた絹のシュミーズも、思い切ったように脱ぎ捨てる。

小さく揺れる灯りの中に、まだ幼さの色濃く残る裸身が浮かびあがった。細く小さな肩も、ようやく女としてのふくらみを見せ始めたばかりの乳房も、あまりにも幼く、いたいたしいほどだ。

「柚子のこと……抱いて。ママと同じように、柚子を愛して――！」

それは、母親と同じ行動をとることで母親と同一になりたいと願い、満たされなかった愛情を癒《いや》す疑似行為にすぎない。言ってみればままごとで人形を赤ん坊に見立て、かわいがるのと同じことなのだ。

けれど、征一郎は懸命にすがってくる柚子を振り払おうとはしなかった。

自分が応《こた》えてやることで、この、あまりにも淋《さび》しい少女の心が一時でも満たされるのなら。柚子の傷が少しでも癒されるのなら。

「そんなにじっと見ないで……。柚子のお胸、ちっちゃくて恥ずかしいから……」

征一郎がまったく動かなくなったのに気づいた柚子は、さらに彼の衣服を脱がせていった。全身を男の胸にすり寄せ、自分の肌すべてで彼を愛撫《あいぶ》するように身体を密着させる。

やがてその手が、ためらいがちに征一郎のベルトに触れた。

征一郎はあえてそれを止めはしない。

軽い金属音が響き、ベルトがはずされる。その中に、柚子はおずおずと自分の手を差し入れた。

「あ……」

声をあげたのは、少女のほうだった。

初めて触れる男の欲望、その熱さに、思わず手を引っ込めかける。

けれどすぐに、覚悟を決めたのか、小さく顎《あご》を引き、両手を同じ場所へさしのべた。

「……あ、熱い——。とっても……」

征一郎はその手を逃がさないように、上から自分の手を重ねた。そしてそのまま、ゆっくりと床の上へ腰を下ろす。

「ここにね、キスしてごらん」

「え——」

「きみのママは、いつもそうしてくれたよ」

それは柚子にとって、一切の抵抗を封印する魔法の呪文。

征一郎の足の間に両膝をつき、ためらいながらも、男の欲望の上に顔を伏せていく。

ちろり、と紅い小さな舌が、征一郎の先端をなめた。

「そう——。そこから、ゆっくり下まで全部、キスしてごらん。きみのママは、それがとてもお上手だったよ……」

言われるままに、柚子は丹念に舌をはわせる。たどたどしい動きで添えた手も動かし、小さな唇いっぱいに猛々しいものを頬張《ほおば》ろうとする。

「ああ、いい……。とても上手だよ、柚子――」

「ほんと？　うれしい――！」

「今度は、柚子のもこっちに向けてごらん？」

互い違いに身体を重ねて、愛撫しあう。それは柚子の母親とよく楽しんだ行為だ。

柚子はもう何の抵抗も見せず、征一郎の淫《みだ》らな要求に従った。

まだ初々しい桜貝のような秘花が、征一郎の目前にさらされる。そこに、征一郎は唇を押し当てた。

「ひゃあんっ！」

幼い悲鳴があがる。

「やんっ！　あ、あっ、あんっ！　な、なにぃっ!?」

「どう？　気持ちいいかい、柚子？」

「う、うん、とっても……とっても、気持ちいいっ！」

征一郎の上で、幼い身体が弓なりにのけぞった。

「こんな……あっ、あ――ああっ！　こ、こんなの、はじめて……!!」

征一郎は柚子の幼い花びらに指をかけ、左右に大きく開かせた。そしてその奥へさらに舌を差し入れる。そのたびに柚子は切れ切れに声をあげ、全身をわななかせた。

「こ、これが……これが、そうなの――。い、いつもママは、こうして……！」

「ああ、そうだよ。でも、これだけじゃない」

生まれて初めての快感にくったりとなった身体を、征一郎は軽々と引き起こし、胸に抱いた。まるで幼児を抱え込むように、後ろから少女の両脚の下へ腕を差し入れ、大きく開かせる。

「あ……っ」

「見ててごらん。これから柚子の中に挿入《はい》るよ――」

いきり立った先端が、ようやくほころんだばかりの花びらに触れた。

「ふ――くぅんっ！」

小さな小さな入り口に、猛々しいものがめり込んでいく。

「あ、ひ――ああんっ！　い、痛い……っ!!」

「もうちょっと我慢してごらん。ほら――ほら、挿入る、全部……入ったよ――！」

「ふあ、あああ……っ!!」

征一郎のすべてが、きつい肉の中に呑《の》み込まれる。ほとんど注挿もできないほどの狭さだ。その強烈な締め付けに、脳髄までしびれるようだ。

「あっ……さ、さすがに、きつい――」

「あん、ん――っ！　いた……痛い――」

「大丈夫か、柚子……」

「ん――。い、痛い、けど……。セ、センセは……センセは、いい……？　ゆ、柚子のここ、気持ち、いいの……？」

「ああ、いいよ。柚子の中は、きつくて、熱くて……とても気持ちいい」

「う、うれしい……」

涙で顔を汚しながら、柚子は右腕を征一郎の首にかけ、自分の身体が逃げないようしがみついた。

「センセがいいなら、いいの……。ゆ、柚子も、がまんできるから……」

「柚子――」

「も、もっと、して……。もっと、気持ちよくなって……。柚子の中で――」

「ああ――」

折れそうに細いウェストに片手を添え、征一郎はゆっくりと動き出した。

「はっ……くうんっ！」

とたんに、やはりつらそうな悲鳴があがる。

けれどもう、征一郎は動きを止めようとはしなかった。それが、完璧に男を受け入れ、征服されることが、柚子の望みなのだから。

まだ蒼《あお》く硬い柚子の身体に、ひどい傷を負わせないよう気づかいながら、そっと腰をゆする。

やがて息もつけないほどきつく征一郎を締め付けていた柚子の部分が、少しずつぬめりをおび、弛《ゆる》みはじめてくる。ぎしぎしときしみをあげるようだった秘花がわずかにほころび、征一郎を呑み込んだ奥深い部分にあたたかくなめらかな雫《しずく》を感じる。それは処女の身体が、完全に男の支配を受け入れた証《あかし》だった。

生まれて初めて異物を受け入れた秘花は、それだけでびくびくと激しく収縮し、男の欲望を刺激する。征一郎も、これ以上柚子につらい思いをさせないよう、その刺激にあえて逆らわなかった。

「あっ……あ、あ――ああ、ああ、ああっ！」

やがて征一郎の動きにあわせて、柚子の唇から小さな声がこぼれ始めた。

まだ、破瓜《はか》の痛みは消えてはいないだろう。けれどその痛みこそが、柚子にとっては愛する母親と同一になったという喜びなのだ。そしてその奥にある悦《よろこ》びを、かすかではあるが感じ始めているのかもしれない。

「ああ――あ、セ、センセ……っ！　いた……痛い――。あ、あ、でも……」

「でも、なんだい？」

「わ、わかんない……。い、痛い、けど……。な、なんか……なんか、ヘン……。ヘンなの、あ、あ……あああっ！」

柚子が生まれて初めて味わう快楽を少しでも助長してやろうと、征一郎は柚子の腰を支えていた手をそっと前へ回した。

幼いふくらみの頂点でぷつんと硬く勃《た》ちあがった乳首を、指先で摘みとり、そっと転がしてやる。その刺激に、柚子の背中がふるふるとふるえた。

きつく寄せられた眉《まゆ》が、少しずつ弛んでくる。まるで泣きだしそうな表情は、もうけして苦痛のためばかりではない。

その証拠が、征一郎を受け入れた部分の、熱いぬめりだった。まだあふれ出すほどではないが、狭い膣《ちつ》を満たし、征一郎の動きを助けているその雫は、確かに快楽の印だ。

「ああ、いいよ――柚子。かわいいよ……」

かつて彼女の母親にそうしてやったように、征一郎は柚子の耳元に唇を寄せ、低い声でささやいてやる。

「かわいいよ、柚子のここも、ここも……みんな――」

「ほ、ほんと……？　あ、う、うれし、い……」

「本当だよ。柚子の身体は、どこも敏感で、とってもかわいいよ――」

いじらしく色づいた乳首を、きゅっとつねってやる。さらに右手を下へ降ろし、隠れていた小さな快楽の真珠を探り当てる。

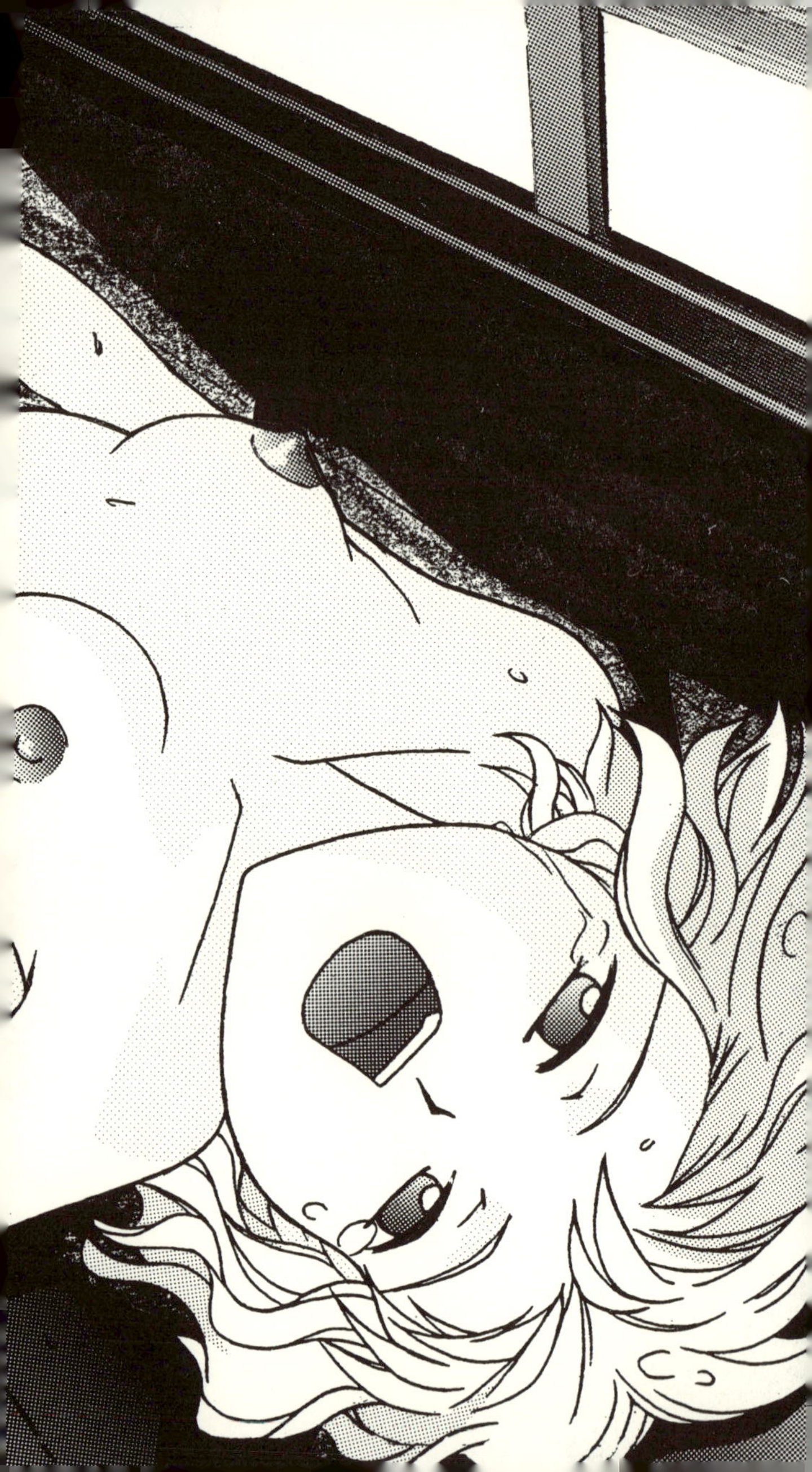

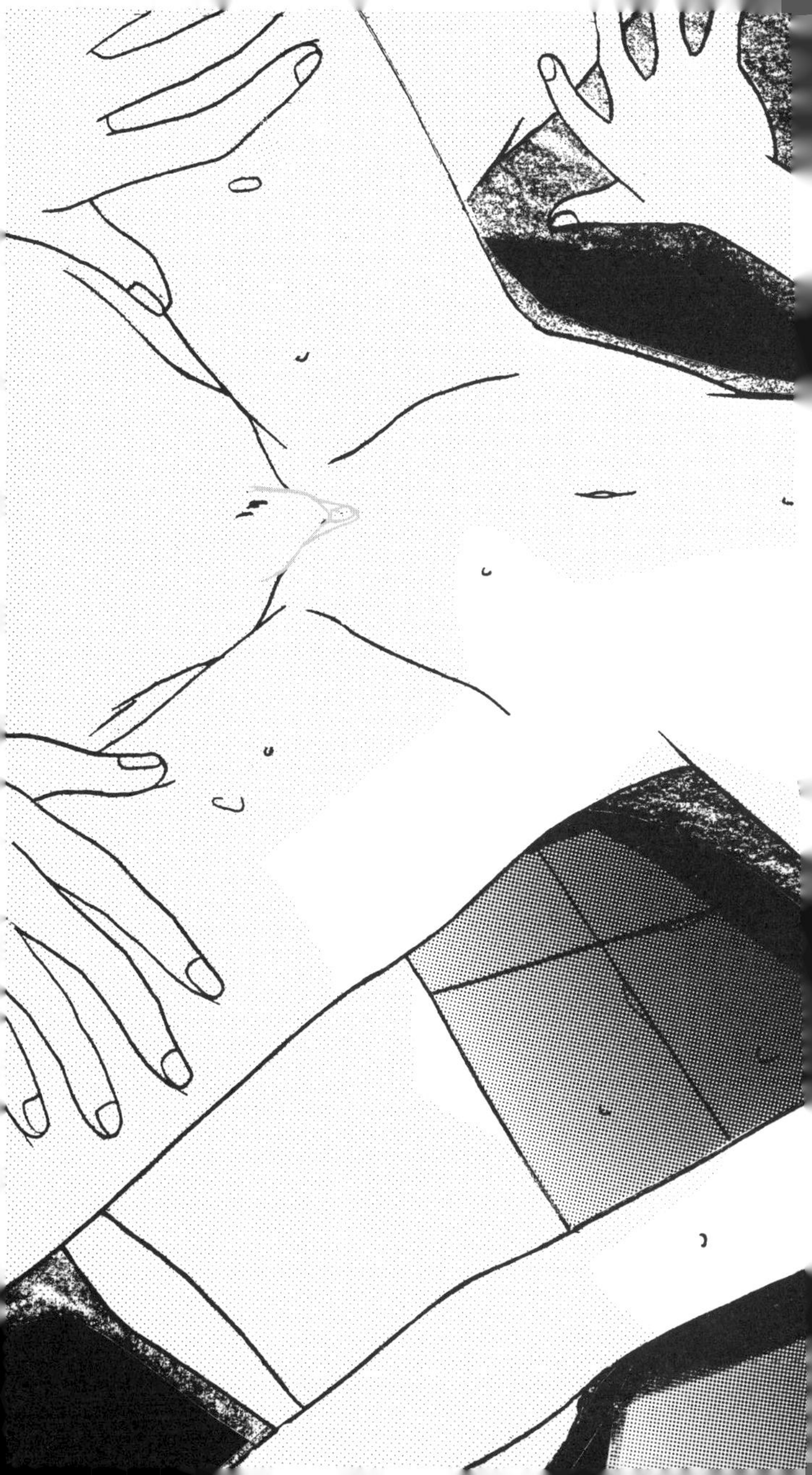

「あ、はあんっ！」

柚子の身体が今までにない感度で、びくんと跳ねる。

「そ、そこはあっ！　そこは、だめえ！」

「どうして？　女の人はみんな、ここが一番悦《い》いんだよ？」

「いや、いや——ああ、ああっ！　ああんんっ!!」

征一郎の膝の上で、柚子は激しく身をよじった。

その動きに、征一郎をくわえた秘花の肉が、きゅっときつく絞りあげられた。

「く……うぅっ！」

低くうめき、征一郎の身体が大きく痙攣《けいれん》する。腰椎《ようつい》から眉間まで、一気に白熱の感覚が走り抜けた。

そして白濁した熱い体液が、狭い花の奥に向かってほとばしった。

「あ——あああああっ！　熱いぃ……っ!!」

一瞬、柚子の身体もがくんと大きくそり返る。

呼吸がつまり、小さな身体が硬直する。完全な絶頂にはまだ遠いが、それでも柚子の身体は何かを得ようとしていた。

「あ、はあ……っ。セ、センセ——」

そして柚子はそのまま前へ倒れ、ぐったりと床の上に這《は》う。

征一郎は、静かに身体を離した。

猛々しいものが抜けた部分から、征一郎が残した欲望の雫がとろりとあふれ出す。白濁したぬめりには、わずかに血の色が混ざっていた。

力をなくして軟体動物のようになってしまった柚子を、そっと抱き起こす。汗に濡《ぬ》れた身体が冷えてしまわないよう、床に脱ぎ散らした衣服を拾って包んでやる。

柚子は放心したように、征一郎のするがままになっていた。抱き起こされると素直に征一郎の肩に額を寄せ、体重を預けてくる。

涙と汗に汚れたほほを、指先でぬぐう。柚子の肌はやはり小さな赤ん坊のように柔らかく、うぶ毛の感触も残っていた。

征一郎の腕に抱かれ、肩で荒く呼吸をしながら、柚子はぽつりとつぶやいた。

「これで……これで、柚子もママと同じ――ね……」


すでにうっすらと明るくなり始めた空の下を歩きながら、征一郎は柚子の言葉ひとつひとつを思い返していた。

初めての情事のあと、柚子はしばらく、かりそめの幸福感にひたっていた。それは、今まで彼女が得られなかった、愛されることへの充足感だ。母のまねをして、母のかつての愛人に抱かれることで、母の愛そのものを得られたように錯覚しているのだ。

だが、しびれたようになっていた手足にようやく力が戻ってくると、柚子は征一郎の手から静かに離れていった。

「センセは……柚子のこと、好き？」

征一郎に背を向けて、柚子はいきなり言った。

幼い問いかけは、その奥に幾重もの複雑な意味や心情をふくんでいる。

「ああ……。好きだよ」

「ママのことも？　愛していた？」

「──ああ」

「でも、一番じゃなかったんでしょ？」

その問いにも、征一郎はうなずくしかない。

確かに、柚子の母を愛していたと思う。彼女の機知にあふれた会話を、洗練された大人の感性を、そして濃厚な愛の技巧を。

──けれど、それだけだ。

一時の愉快なゲームと、ベッドでの快楽。それ以上のものを、彼女と共有するつもりはなかった。彼女のほうも、同じだったに違いない。

「じゃあ……柚子は？」

「え――？」

「柚子のことは、どうなの？」

征一郎は答えられなかった。

かわりに柚子自身が返事をする。可愛らしく小首をかしげ、哀《かな》しそうに微笑《ほほえ》みながら。

「ママはそれで良かったかもしれないけど……柚子は、いや。――柚子は、柚子のことを一番好きでいてくれる人が、欲しいの」

「……すまない。俺は――」

「謝ってくれなくても、いいよ。センセ」

くすん、と小さくすすりあげる声がする。それでも柚子は懸命に笑みを作った。

「いいの。だってこれは、柚子のわがままなんだもん。今夜のことは、みーんな、柚子のわがまま――。センセは何にも気にしないで」

その笑顔に、征一郎はとうとう答えることができなかった。

それきり無言で、二人は美術館を出た。

まだ身体が痛むのか、少し足を引きずるようにして、柚子は歩き出す。けれどその背中は、これ以上の同情なんかいらないと、雄弁に語っていた。

――欲しいのは同情じゃない。たった一人の恋人から捧げられる、無償の愛情……。

そして、東の空がラベンダーブルーに染まりかける頃。征一郎は香川邸のくぐり戸を抜けた。

広い邸はしんと静まり返っている。朝の早い使用人たちが起き出すのにも、まだもう少し間があるだろう。

五月もまだ、眠っているはずだ。

だが、自室の離れへ戻ってみると、

「──お帰りなさいませ、征一郎様」

霞が静かに指をつき、征一郎を出迎えた。服装も窮屈なメイド服のままだ。

「まだ起きていたのか。……先に休んでいろと言ったのに」

霞は何も答えない。ただ、はにかむように微笑むだけだ。疲れていないはずがないのに。けれどその微笑みの奥に、胸をつかれるような淋しさがある。

「……霞」

霞の、こんな表情を見るのは初めてだった。

いや──本当は、倫敦《ロンドン》でも巴里でも、征一郎が女と遊んで遅く帰ってきた時にはいつも、霞はこんな表情をして出迎えていたのかもしれない。征一郎がそれに気づかなかっただけで。

征一郎は逃げるように視線をそらした。これ以上、霞の顔を見ていられない。

「……少し眠る。霞ももう休みなさい。明日は、早起きしなくていいから」

「はい」

霞は表情を隠すように顔をふせた。そして黙ってふすまをあけ、控えの間に下がっていった。

その背中に、征一郎はどうしても、かける言葉が見つからなかった。

第5章　燕去月《つばめさりづき》

自分一人だけを愛してくれる人が欲しいと、柚子は言った。

それはおそらく、どんな人間の中にもあるごく当たり前の気持ちなのだろう。

だが、はたして自分に、そんなことができるだろうか。征一郎は迷う。ただ一人の女を、生涯かけて愛し、守り抜いて行くことなど。

自分にそんな力があるのか。父親の期待にも応《こた》えられず、それでも父のいいなりになって、ただ楽なほうへ楽なほうへと流されて生きてきた自分に。

椿は自分で決断し、生きる闘いへ赴いた。彩菜は父と正面から向きあい、自活への道を模索している。柚子はたった一人の愛し、愛される相手を捜しに行く。

そして——自分は、何をしているのか。

彼女たちの決断に、自分はいったいどう関わることができたのか。何もしていなかったのではないのか。

今も彼女たちの後ろ姿を見送り、ただ立ちつくしているだけではないのか。

かつても、そうしてきたように。

振り返ればいつも、立ち止まり、戻ってきた征一郎を優しく迎えてくれた霞がいた。

その霞の哀《かな》しみにも、自分は目をつぶり、見ないふりをしてきたのだ。それが霞にとってどれほどむごいことかも考えずに。

自分がほかの女を抱いている時、霞はいったいどんな気持ちで、自分を待っていたのだろう。

ただ、帰りの遅い主人を待つ小間使いとしての忠義心だけだったのか。

それとも――。

征一郎の肩に、真夏の日ざしは強く照りつけていた。


「むし暑いな……」

蚊遣りの煙を団扇《うちわ》であおぎ寄せながら、征一郎はつぶやいた。

梅雨が明け、このところ暑さも本番といった日々が続き、蝉《せみ》の声すら心なしか元気がない。夜になっても気温はいっこうに下がらず、みな、寝苦しい思いをしていた。

巴里《パリ》の暑さも煮えたぎる鍋底のようだが、日本のべとつく暑さは、また格別に堪《こた》える。

霞はもう、隣の小部屋に引き取っている。呼べばすぐに飛び起きて、征一郎のためにかいがいしく尽くしてくれるだろうが、この夜更けに用事を言いつけるのはさすがにかわいそうだ。

少しでも冷たい空気を入れようと、征一郎は庭に面した障子を開けた。部屋に虫は入ってくるが、蚊帳を吊《つる》していれば何とか耐えられる。

半分欠けた月が、松の上から白く庭を照らしている。

「……おや？」

その青白い光の中に、すうっとうごめく影があった。

誰かいる。松の古木のあたりだ。

どうやら自分のほかにも誰か、寝付けずに夜更けの夕涼みとしゃれ込んでいるらしい。

征一郎はそっと渡り廊下へ出て、人影のほうへ近づいていった。

ことさら足音を忍ばせたつもりもないのに、その人影は物思いにふけってでもいるのか、征一郎が近づいてきたことにまったく気づかない。

濡《ぬ》れ縁《えん》のへりに腰を下ろし、小さな子供のように足をぶらぶらさせながら、何か自分の手元をじっと眺めている。

白い木綿の寝巻、薄桃色のしごき帯。いつもはひとつに結っている黒髪も、今は長く解き流されている。

人影は、五月だった。

「……五月」

小さく名を呼ぼうとして、やめる。

この月明かりの下、いったい何をそんなに熱心に見つめているのだろう。征一郎はふと気になり、背後からそうっと五月の手元をのぞき込んだ。

五月の手の中にあったのは、鈍く光る銀のロケットペンダントだった。

細かい蔦模様《つたもよう》の細工、ぱちんと掛け金をはじけば蓋《ふた》が開き、中に写真や細密画を収められる仕掛け。それは間違いなく、征一郎自身が常に肌身はなさず持ち歩いている、あの銀のペンダントとまったく同じものだ。

「五月。それは——」

「きゃあっ⁉」

思わずもれた征一郎の声に、五月は飛びあがりそうに驚き、悲鳴をあげた。

「せっ、せ、征一郎⁉」

「あ……。す、すまない。脅かすつもりじゃなかったんだ……」

大きな宝石のような瞳が、こぼれ落ちそうなくらいに見開かれ、征一郎を見つめている。

「……そのペンダント、は——」

つぶやくような征一郎の言葉に、五月が小さくこくんとうなずく。

「そう——。あの時の、約束のペンダント……」

幼い日の、約束。

あまりにも、あまりにも幼い日々の。

親の都合で他人ばかりの邸に置き去りにされ、孤独と不安に押しつぶされそうになっていた征一郎に、そっと差し出された小さな手。

あれは、この邸だった。この庭で、この松の樹の下でのことだった。

——いっしょにいてあげる。

——泣かないで。あたしが、ずーっと、ずーっといっしょにいてあげるから。

その手を、その声を、忘れた時は一度もなかった。

倫敦《ロンドン》での準備を終え、父が迎えに来た時、征一郎は日本を離れたくないと本気で願った。けれどまだ少年とすら呼べる年頃にもなっていなかった征一郎が、厳格で尊大な父に逆らえるはずもなく、ただ手を引かれるままに港の丘港から外国航路の大型汽船に乗り込むしかなかったのだ。

——忘れないでね。ぼくのこと、忘れないでね。

——また来てね。ぜったい、ぜったい、あたしのおうちへもう一度来てね。

はかない、けれど精一杯の祈りを込めた、約束。

その証《あかし》に、このペンダントは交換された。互いの面影を封印して。

「ごめんね……。忘れていたわけじゃ、なかったの——」

五月はうつむき、小さな小さな声で言った。

「ほんとは、わかってた。……征一郎のこと——最初から……。知らないふりして、いじわるするつもりじゃ、なかったの。でも……」

「五月——」

「お父様が、いきなり結婚とか言い出すし……。私、まだそんなこと、ちっとも考えられなくて――。だってそうでしょ。まだ学校も卒業してないのよ。なのにすぐ結婚しろなんて、そんなの全然、わからないもの――」

「ああ……。俺も、そうだったよ」

実際は女学校に通っているうちから結納を交わし、卒業を待たずに中途退学して嫁入りする娘だって、珍しくはないのだが。けれど自由闊達《かったつ》に育てられた五月には、まだまだ自分がそうやって大人の仲間入りをするなど、考えられなかったのだろう。

征一郎は、五月の隣に腰をおろした。

「それに……ほんとのこと、言うとね」

五月は小さく、くすっと笑った。

「最初はちょっぴり、怒ってたの。征一郎のこと。だって再会するなり、いきなりあんなことするんだもの」

「あんなことって――。あ、ああ……あれ、か」

初対面の挨拶《あいさつ》で、いたずら半分に五月にキスをした。

「あれは、その……。俺もやりすぎたって、反省してるよ。その……悪かった。今さら謝ったって、遅いだろうけど」

「そう。もう遅い！」

くくくっ……と、小鳥が鳴くようなかわいい笑い声。

そうだ――この声。この優しい、明るい笑い声。昔の五月そのままだ。

「でもね……。征一郎、すごく一生懸命だったから――。椿ちゃんの時も、彩菜ちゃんの時も、征一郎、みんなのためにうんと頑張って、走り回って、精一杯のことしてくれたから……。やっと私、思えたの。ああ……征一郎、変わってないなって――。昔のまま、優しい征一郎だって……」

「五月……」

「ごめんね、征一郎」

五月は、まっすぐに征一郎を見あげた。

「ごめんね。私のわがままで、一年間も待たせちゃって」

「いや、その……」

「私、ほんとはまだ、結婚とかってあんまりよくわからない。自分のこととして考えられないの。でも――征一郎となら、いいかもしれないって……思ってる」

征一郎は、一瞬、声が出なかった。

見つめる五月の瞳に、かすかに光るものがあると見えたのは、月光のせいだろうか。

「……おかえり。征一郎。――やっと帰って来てくれたね、私のところへ……」

「ああ――」

「そして……私も」

ことん、と黒髪に包まれた小さな頭が、征一郎の左腕にもたせかけられる。

「私も、やっと帰ってきたの……。征一郎の隣に……」

征一郎は、五月の髪にそっと手を触れた。そしてそのまま、包み込むように五月の頭を抱き寄せる。

幼い頃には、五月が同じように征一郎の頭を抱き寄せてくれた。小さな小さな手で、精一杯の慈愛を込めて。同じ行為を今、征一郎が五月へ返す。

今は二人とも、それだけで良かった。


それからあわただしく話はまとまり、これからのことが取り決められた。

「そうか、良かった良かった。何分、わがままな娘だが、よろしく頼むぞ、征一郎君」

五月の父である香川征十郎は、一年間の猶予が終わるのを目前にして、征一郎と五月がもっとも自分の望んでいた形の結論を出したことに、至極満足している様子だった。

結納は征一郎が一年間の講師勤務を終えてから、正式な杯事《はいじ》と入籍は五月の女学院卒業を待って、ということに決まる。それは、船便で倫敦にいる征一郎の父・平蔵にも知らされた。

「知らせたところで、親父が列席するわけもないがな」

この婚姻で、征一郎は正式に間宮の籍から出され、香川家の一員となるのだ。

「……おめでとうございました」

話を聞いた霞は、畳に手をつき、深々と頭をさげた。

「本当に、よろしゅうございました。こうなることが一番、征一郎さまのおためになると思っておりました」

「霞――」

「だって、霞は存じておりましたもの。征一郎様がずっとお大切になさっていたペンダントに、どなたのお写真を収めてらっしゃるのか……。最初から霞は存じておりました」

いつものように、霞は微笑《ほほえ》む。征一郎を包み込むような、優しい笑顔で。

「そうか……。ありがとう、霞。お前にそう言ってもらえるのが、何よりうれしいよ」

「はい。征一郎様がお幸せになられることが、霞にとっても一番の幸せでございます」

その笑顔を、言葉を、征一郎は疑いもしなかった。

――やがてこの縁談は、港の丘女学院の女学生たちの耳にも届くことになった。

「なぁんだ、やっぱりセンセと五月ちゃんて、そーゆー間柄だったんじゃなーい！　それなのに内緒にしちゃってぇ！」

「そ、そういう間柄って、なによぉ、柚子！」

「だって五月ちゃん、最初はセンセのこと、ただの下宿人だぁなんて言ってたくせにぃ!!」

「それは、その……。あ、あの時は、ほんとにただの下宿人だったのよ！」

「じゃあ今は違うんだぁ。ね、いつから？　いつからただの下宿人じゃなくなったわけぇ⁉」

「もー、柚子ったら、しつこい‼」

「きゃははは！　五月ちゃんたら、お顔がまっかっかぁ‼」

「今さら照れることないじゃない、ねえ⁉」

「彩菜まで、なによ、みんなしてからかって‼」

暑い美術室だが、五月のほほが桃色にほてっているのは、けして気温のせいばかりではなかった。

「もう……！　だから学院への連絡は、夏休みが終わってからにしてって言ったのに！」

「しょうがないさ。すぐに夏休みになるんだ、あと四、五日の辛抱だよ」

征一郎も思わず苦笑する。

そんな日々のにぎやかな慌ただしさにかまけて、征一郎はつい、自分のもっとも身近なところに細かく目を配ることを忘れていた。

このところ続いている記録的な猛暑で、霞がかなり体調を崩していることに、気づいていないわけではなかったのだが。

征一郎が、無理をせずに休んでいろと言っても、霞は、

「いいえ。平気です」

と、征一郎の出勤に付き従うのをやめなかった。

「征一郎様が教壇にお立ちになる姿も、あと少しで見納めなのですもの。少しでも多く、拝見していとうございますわ」

「そうか……」

霞が望んでいることを、無理にやめさせたくはなかった。

そして、夏の長期休暇も目前に迫った、その日。

まだ授業が終わる時間でもないのに、ばたばたと廊下を走ってくる足音が響いた。それはあっという間に、征一郎のいる美術室の前まで近づいてくる。

「たいへん――たいへん、センセ、たいへんよぉっ!!」

息せき切って柚子が美術室のドアを開けた。

「たいへんよ！　霞ちゃんが……霞ちゃんが！」

「霞が？　霞がいったいどうしたんだ？」

「た、倒れちゃったの！　今、画材を持って一緒に校庭を歩いてたら、霞ちゃん、急にくらくらってなって――!!」

「何だって!?」

「小使いさんが、医務室まで運んでくれたの。センセ、ねえ、急いで!!」

柚子の言葉が終わる前に、征一郎は美術室を飛び出していた。

医務室の、学生用のベッドに寝かされた霞は、ひどく赤い顔をして、呼吸も乱れがちになっていた。目の下には、うっすらと隈が浮かんでいる。保健医の処置だろう、衣服は少しゆるめられているが無論、意識は戻っていない。

「霞……」

「征一郎。今、家から迎えの自動車をよこしてくれるよう、頼んできたわ」

少し遅れて医務室に入ってきた五月が、声をひそめてそっと告げる。

「そうか――。ありがとう」

「霞ちゃんを家まで連れて帰りましょう」

やがて到着した香川家の乗用車で、意識のないまま、霞は香川邸へ運ばれていった。

香川邸では、おそらく五月が連絡してくれたのだろう、香川家の主治医が待っていた。

「熱射病ですな。だが、それ以前にだいぶ疲れがたまっているようです。どこか涼しいところで、ゆっくり休ませてやる必要がありますな」

診察を終え、医師は隣の部屋で待っていた征一郎にそう告げた。

「そうですか……」

「ありがとうございました、先生」

五月が玄関まで医師を見送っていく。

使用人のためにわざわざ医師の往診を頼むなど、ふつうはあり得ない。おそらく五月も、あの医師には霞の身分を隠しているのだろう。

「だって……霞ちゃんは、大事なお友達だもの」

やがて戻ってきた五月は、征一郎の問いかけにそう答えた。

「霞ちゃん、大丈夫なの？」

「ああ。このところの暑さで、少し疲れがたまっていたらしい」

「――そう」

彼女自身、今にも泣きそうな表情をしていた五月は、ようやく小さく笑顔を見せた。

「じゃあ……ゆっくり休ませてあげなければね。霞ちゃんを」

香川邸の女中頭が用意してくれた床の中で、浅い呼吸を繰り返している霞は、いつもよりもずっと幼く、誰かがそっと手をさしのべてくれるのを待ちわびている迷い子の女の子のように見えた。

霞は……こんな顔をしていたんだ。征一郎はまるで、生まれて初めて霞の本当の姿に、素顔に触れたような気がしていた。


「家族で、旅行？」

「そう。伊豆へでも避暑をかねて行きましょうって、お父様が」

霞が寝ついて二日ばかり経った日。明日は港の丘女学院の終業式という夜に、五月は征一郎の離れに二人分の食事を運び、そして言い出した。

霞は、まだ離れで横になったままだ。本人はもう動けると言い張るのだが、征一郎がけして許さなかった。

「今、無理をしたら、また医者を呼ばなくちゃいけなくなるぞ。とにかく寝てるんだ」

「ですが……征一郎様のお世話が――」

「大丈夫だ。俺だって、自分のことくらい自分でできる」

征一郎は強引に霞を布団の中へ押し戻し、三度の食事も母屋のほうから運んでもらうことにしたのだ。

いつもは若い女中が運んでくれる食事を、今夜は五月が持ってきてくれた。

「……霞ちゃんは？」

「今は、眠っている。午後に服《の》んだ薬が効いてるみたいだ」

霞の休息をじゃましないよう、五月はそっと声をひそめる。

「夏休みになったらすぐに出発するわ。本当はお盆すぎてから、征一郎や霞ちゃんも一緒にって思ってたんだけど」

「いや、俺は……」

「うん。征一郎は霞ちゃんのそばにいてあげて。たった一人の家族みたいなものなのでしょう？」

「――ああ。そうだな」

霞に、血のつながった家族はいない。間宮の本家で働く巽吉のじいも、義理の父だ。

「住み込みの書生や女中たちにも、みんな夏休みをあげる予定よ。征一郎と二人きりのほうが、かえって霞ちゃんは気が休まると思って。食事の用意は、通いのおばさんに頼んでおくわ」

「ありがとう。いろいろ気を使わせてしまったな」

「いやだ、何言うのよ。霞ちゃんは私にとっても大切なお友達だし、征一郎の家族みたいな人なら、私にとっても家族同然よ」

そう言って五月は、曇りのない明るい笑顔を見せた。

そして港の丘女学院が夏の休暇に入るとすぐに、五月と父は、古くから香川邸で働くわずかな使用人だけを連れて、伊豆の避暑地へと向かった。

「じゃあね、征一郎。霞ちゃんのこと、頼んだわよ」

「……なんだか台詞が逆さまじゃないのか？」

「そうかな。――でも、ゆっくりしていてね。私たちのことは気にしないで」

「ああ。ありがとう」

香川家の人々の心遣いに感謝しながら、征一郎は彼らを乗せた自動車を見送った。

「五月様たちは……もうお発ちになられたのですか？」

征一郎が離れへ戻ってくると、床の中から小さな声で霞が問いかけた。

「ああ。涼しい海辺でのんびりしてくるそうだ。土産に海の幸をどっさり買ってきてくれるとさ」

征一郎は、霞の枕元に座る。こうすれば、霞の顔が良く見える。

「だから霞。早く元気になれよ。でないと、せっかくの旨《うま》い魚も、何にも食えないぞ」

「……はい」

そして霞は、こくんと小さくうなずいた。

それから一日二日は、まるでままごと遊びのような時間が過ぎていった。

この広い香川邸の中に、征一郎と霞の二人きりしかいない。通いの女中が食事の用意をし、洗濯物などを片づけてくれるほかは、本当に誰もいなかった。

「まるで、巴里のアパルトマンに戻ったみたいだな」

「そうでしょうか？　なら、霞はもう起きなければなりません。征一郎様のご用事を勤めなければ……」

「ほら、また始まった。俺のことなどどうでもいい、寝ていろと言っただろう」

「もう大丈夫です。霞の病気はもう治りましたから。征一郎様がこんなに心配性でらしたとは、存じませんでした。まるでお歳を召したお医者様のようですわ」

ようやく霞が笑うようになった。征一郎は内心、安堵《あんど》のため息をついていた。

やはり他人ばかりの屋敷で生活して、緊張していたのだろう。それが今は、征一郎だけしかいない安心感に包まれ、眠っている時ですら霞の表情はふだんよりもずっと安らいでいるように見える。

二人きりで向かいあってとる食事。お互い以外、話をする相手もいない。しんと静まりかえった屋敷の中で、ただお互いだけを眺めている。確かにそれは、一年前まで征一郎と霞にとって当たり前の暮らしだったのだ。

——だが。

「……今、門のあたりで誰かの声がしなかったか?」

ふと、征一郎は開け放した障子から庭のほうを眺めた。

日中の暑さも少し落ち着いた、夕暮れ時。

香川家の人々が戻ってくるには、まだ早すぎる。誰もいない家に来客なのだろうか。

「ちょっと見てくる。霞はここで待っておいで」

征一郎は渡り廊下を抜け、母屋の玄関先へ出ていった。

冠木門《かぶきもん》の下には人影がない。横の小さなくぐり戸を開け、左右を見回す。

「——征一郎様」

低く、自分の名を呼ぶ声がした。

「巽吉……？　巽吉のじいじゃないか！」

　そこには、幼い頃から征一郎が慣れ親しんできた、間宮家の執事の年老いた顔があった。

「どうしたんだ、いきなり。――ああ、そうか！　霞の見舞いに来てくれたんだな！　東京からわざわざすまないな。霞もきっと喜ぶぞ」

「はい――いえ、私は……」

「おーい、霞！　巽吉のじいだぞー‼」

　征一郎はくぐり戸に半分身体をつっこみ、庭の離れに向かって声をはりあげた。

　玄関をあがって渡り廊下を抜けるのも面倒《めんどう》くさく、そのまま庭を突っ切って、巽吉を離れへ案内する。

「良かったな、霞。お義父《とう》さんが見舞いに来てくれたぞ」

「はい……」

　霞は寝巻の上に着古した袷《あわせ》をかけ、布団の上にきちんと正座していた。

「いいから寝ていなさい。見舞客に気を使う病人があるか。なあ、巽吉」

「征一郎様――」

　老いた執事は、日頃の彼らしくもなく、表情を苦く曇らせ、口ごもった。

「どうした？」

「私は……霞を見舞いにきたわけではございません。霞を――東京のご本宅に引き取らせていただきに参ったのです」

「——な、何だって⁉」

「このまま香川様のお屋敷に置いていただいては、征一郎様にも、征一郎様の奥方様になられる香川様のお嬢様にも、ご迷惑がかかります。霞は私が連れ帰ります」

巽吉はがっくりとうなだれ、征一郎の顔をまともに見ることもできないようだった。畳の上に置かれた、しわの目立つ手が、小刻みにふるえている。

「どういうことだ、巽吉！　そんな話、俺は聞いていないぞ！」

「どうか——どうかご理解ください、征一郎様……」

「わかった……。親父の差し金だな。親父が命令したんだろう、霞を俺から引き離せと！」

「い、いいえ、旦那様《だんなさま》は……」

「違います、征一郎様」

背後から小さな、すずやかな声がした。

「霞は、自分から東京のお屋敷へ戻りたいと言ったのです」

「な……なんだと？」

霞は布団から降り、畳の上に両手をついて深々と頭を下げた。

「どうぞ、霞にお暇をくださいまし、征一郎様」

「そ、そんなこと――。俺は何も聞いていないぞ！　いきなりそんなことを言われたって、わけもわからず、ああそうかとうなずけるものか!!」

思わず口調を荒くする征一郎に、霞は黙って彼を見つめていた。

今すぐ霞を東京の間宮家へ連れ帰ると言う巽吉を、征一郎は強引に追い返した。霞の主人である自分が許可していない、と言い張って。

「わけを言え、霞！　いきなり暇をくれだなんて……そんなに俺が嫌いなのか！」

「いいえ――！　いいえ……」

霞は小さく首を横に振る。

紅い唇を強く咬み、やがて、うつむく。その表情を征一郎の眼から隠すように。

「征一郎様と五月様がご夫婦になられます時……霞がいては、お邪魔になりります」

「そんなことがあるものか！　五月だって、お前は大切な友達だと、俺の家族みたいなものだから自分にとっても家族同然だと、そう言ってくれてるんだ！」

「五月様はそうお考えでも――、霞が……、霞が……つろうございます……」

最後の言葉は、そのまま消えてしまいそうだった。

がくりとうなだれた頭は、あげられることもない。やつれて細く尖《とが》った肩がふるえている。

「お許しください、征一郎様。霞は……心の狭い女でございます。お二人のお幸せを、おそばで見守ることが、できません……」

畳の上に、ぽつりと涙の雫《しずく》が落ちた。

それは見る間に数が増え、きつくにぎった霞の手に、白い寝巻に包まれた膝《ひざ》の上に、落ちていく。

「霞……。お前――」

がっくりとうなだれ、小さく肩をふるわせて懸命に声を押し殺す霞。

それは、征一郎が初めて触れた、むき出しの霞の心だった。

その肩を、征一郎はつかんだ。顔をそむけ、逃げようとする霞を、顎《あご》をとらえて無理に上向かせる。

涙に濡れた瞳が、征一郎を映していた。紅い花びらのような唇がふるえている。

「霞……」

「――お慕い申しあげておりました。ずっと……ずっと――」

ずっと、ずっと昔から。

どこにいても、征一郎が何をしても。

それは、霞がけして口にするまいと決意し、心の奥底に固く封印してきた想いだった。

「かすみ……俺は――」

呆然《ぼうぜん》と、征一郎はつぶやく。

ずっと妹のような存在だと思っていた、少女。

いや、口ではそう言いながら、本当は姉のように、母のように、甘えていた。

たとえ自分がどんな馬鹿なことをしでかしても、取り返しのつかない失敗をしても、霞ならきっと許してくれるだろう。

世界中の誰もが自分を責めても、霞だけは常に変わらず、自分を受け入れてくれるだろう。そう信じていた。

父に見捨てられた淋《さび》しさも、心から愛し愛される人に巡り会えない辛《つら》さも、霞がいてくれたから、耐えられたのだ。

だが自分は、いつもそうやって霞に甘えながら、霞が心の奥底で本当はなにを考えていたのか、何を望んでいたのか、少しも理解しようとはしなかった。

そして霞はその間、たった一人で泣いていたのだ。

「征一郎様……。どうぞ、五月様と末永くお幸せに……。霞はもう、征一郎様のお供をすることはできません。これからは五月様が、ずっと征一郎様のおそばにいてくださいます……」

「だ、だが、霞――。俺は……俺は、霞がいなければ――」

「どうかお許しください。霞の、最初で最後のわがままです……！」

うつむき、征一郎の手から逃げようとする肩を、思わず腕の中に抱きしめる。

もう、どうすることもできない。

「霞、すまない……！　俺は――俺は……!!」

「征一郎様……」

薄いシャツの生地を通して、霞の涙が熱く皮膚に触れてくる。

抱きしめた身体は、あまりにも細く、はかない。ほのかに火照る体温は、そのまま溶けてしまいそうだ。

そして霞も、もう征一郎の手をふりほどこうとはしなかった。

自分から征一郎の背中へ手をかけ、そっと抱きしめる。

「……霞」

「今夜だけ――今夜だけ、お情けをくださいませ……！　たった一度、霞に夢を見させてください……!!」

それ以上の言葉を、征一郎は言わせなかった。

霞のほほに手をかけ、むさぼるように激しく口づけをする。

「ああ、征一郎様……征一郎様！」

若竹色のしごき帯を解くのすらもどかしく、征一郎は霞の寝巻の衿《えり》に手をかけ、一気に左右へ開いた。

「あ……っ！」

一瞬、霞が羞恥《しゅうち》の声をあげる。

透き通るように真っ白な乳房が、初めて征一郎の視線にさらされた。

片手に余るほど豊かなふくらみは、とろけるようにやわらかく、けれどぴんと張りつめて、横になっても形が崩れることもない。その頂点でふるふると揺れている紅色の突起も、征一郎の手が触れてくれるのを待ちわびていた。

「かすみ――」

征一郎は霞の上に覆いかぶさり、その乳房にむしゃぶりついた。まるで初めて女を抱くうぶな少年のように、手加減も忘れて白いふくらみをつかみ、捏《こ》ね、舐《な》め回す。乳首に吸いつき、歯をたてる。

「あ、あ……せ、征一郎様――征一郎様……」

そんな征一郎の我を忘れた愛撫《あいぶ》にも、霞は懸命に応え、かすれる声をあげた。

「霞……かすみ――！」

二人の身体に残っている衣服が、もどかしい。自分をしばりつける鎖のようだ。征一郎は霞の寝巻をはぎとり、自分のシャツも引きむしるように脱ぎ捨てた。

「あ……は、恥ずかしい……」

「見せてごらん。霞を、全部――」

思わず胸元を覆い、両脚を固くとじあわせようとする霞に、征一郎は彼女の両膝に手をかけ、強引に大きく開かせた。

「きゃっ……あ、ああ――っ」

限界まで大きな角度を持たされ、征一郎の視線にさらされたそこは、すでにうっすらと透明なぬめりを帯びていた。

「なんだ。霞は、もうこんなにしてたのか……」

「あ……ど、どうぞ、ご覧にならないで……。征一郎様ぁっ！」

「もっと――もっと濡らしてあげような」

霞の左足を宙に持ちあげたまま、征一郎は濡れた秘花に唇を押し当てた。

「あっ！　だ、だめ、そんな――ああっ！　あ、くぅんっ！」

顔全部をこすりつけるようにして、征一郎は霞を愛撫する。花びらを指で大きく押し開き、ぬめるひだのひとつひとつを丹念に舌先でなぞる。そこに隠れていた小さな快楽の中心を人差し指と親指でつまみあげ、きゅ、きゅっとリズミカルに絞りあげる。

「ああっ！　あ、ああんっ！」

征一郎がわずかに舌を踊らせるたび、霞はがくんと大きく背をのけぞらせ、悲鳴をあげた。懸命に腰をよじり、過激すぎる快楽から逃れようとするが、征一郎はしっかりと霞の下肢を押さえつけ、それを許さない。

尖らせた舌先をさらに奥へ差し入れ、秘められた小さな入り口をこじ開けようとする。

「そんな——そんな、あ……ああっ！　あ、だ、だめええっ!!」

やがて白い身体が弓なりにそり返り、感電したように一瞬びくんと硬直した。

「……あ、ふ——あぁ……」

「イッたのか、霞……？」

「あ……わ、わたし……」

うっすらと目元に涙を浮かべ、少し放心したような表情を見せるのが、とてもいじらしい。同時に、男の征服欲を限りなく刺激する。

「いいんだ。もっと、もっと気持ちよくしてやるからな——」

征一郎は霞の耳元でささやき、全身を重ねていった。

「あ——ま、待って……」

「霞？」

その征一郎の胸元を、霞がそっと手で押しとどめる。

「今度は……、今度は霞にも、させてください……」

霞は少し背伸びをして、自分から征一郎にキスをした。唇を軽く開き、誘ってやると、素直に舌先を忍びこませてくる。

二人の舌がからみあい、互いの口中を行き来する。そのたびに、濡れた淫《みだ》らな音がした。

やがて霞の唇は、征一郎のほほから顎、首すじへとすべり落ちていく。鎖骨、肩のライン、若い胸の筋肉と、ひとつひとつを確かめるように丹念に丹念になぞりあげ、やがて腹部からさらに下へと降りていった。

「……う、くぅ――！」

濡れた熱い舌が、征一郎に巻き付く。

「ああ……征一郎様、こんな……こんな、熱い……」

うわごとのようにつぶやき、霞は懸命に征一郎の欲望を愛した。先端から付け根の膨らみまで舌をすべらせ、またなぞりあげる。呑《の》み込むにはあまりにも大きいそれを、むせ返りながら懸命に口にほおばる。

「あ――だ、だめだ、霞……！　そ、そんなにしたら、もう……っ‼」

征一郎の腰が、大きく跳ねた。

白濁した欲望の飛沫《しぶき》が、一気に噴出する。

「きゃっ！」

それは霞の前髪から唇、胸元までをもべったりと汚してしまった。

「す、すまない。つい……」

「いいえ――。これが……征一郎様の……」

霞はほとんど無意識に、汚れて粘りつく自分の口元を指先でぬぐう。何も考えていないだけに、その仕草は淫らで、征一郎のくすぶる熱をかきたてる。

「今度は、霞の中に入れてくれ」

こらえきれず、征一郎はふたたび霞の身体を抱き寄せた。

白くやわらかな腹部に擦《こす》りつけられるものは、さっき放出したばかりだというのに、すでに激しい熱を取り戻し、硬く勃《た》ちあがって脈打っている。

「征一郎様……」

「そう——そのまま、俺の上に乗ってごらん。脚を開いて……霞のが全部、俺に見えるように——」

征一郎の淫猥《いんわい》な要求に、霞はほほを真っ赤に染めながらも、黙って従った。潤んだ目元が、けして彼女もそれを嫌がっていないことを教えてくれる。

屹立《きつりつ》した切っ先が、霞の濡れそぼった花びらに触れた。

「あ……あ、熱い——」

「そうだ。そのまま腰を下ろして。俺を呑み込むんだ」

「あっ——あ、熱い……っ！　は、挿入《はい》って、くるぅ……っ!!」

思わず逃げようとする細い腰を、征一郎は両手でがっしりとつかみ、自分の上に引き戻した。

「あああああっ——!!」

高い悲鳴が響く。

初花を一気に引き裂かれ、霞は啼《な》いた。

「痛いか？」

「い、いいえ……。大丈夫、で、す……」

霞の身体が、がくがくと揺れる。それを下から支え、征一郎はゆっくりと動き出した。

「あっ――あ、あ……っ！　あぅ……っ！」

征一郎のリズムにあわせ、霞が切れ切れに声をあげる。

二人、つながりあった部分から、くちゃ、ぐちゅっ――と、ぬかるみで足踏みするような、粘ついた淫らな水音が響いた。

「ほら、霞も動いてごらん。こうして――腰を、回すように……」

「あっ……は、はい――！　あ、ああっ！　くぅんんっ!!」

征一郎の手に導かれ、いつか霞も自分から身体をゆすり、快楽を求め始めていた。

「こ、こうですか、征一郎様……っ。あ、ああんっ！」

「そう、いいぞ、霞。俺も……俺も、凄《すご》く、いい……！　霞の内は、熱くて、きつくて、全部がからみついてくるよ――!!」

征一郎は目の前で揺れる乳房を両手につかみ、思い切りもみしだく。

下腹を突き出すようにして、あわせ目の上にちょこんと顔を出した霞のものを、すりつぶすように刺激してやる。

「ああっ！　あ、あ、ああっ‼　へ、へんです、征一郎様ぁっ！　か、霞のなかが、へんになりそう……っ‼」

「いいんだ。そのまま、イッてごらん！」

「あ――あ、いく……っ！　いきます……っ‼」

霞の全身が落雷に撃たれたように痙攣《けいれん》し、硬直する。

同時に、征一郎を呑み込んだ花びらが今までにない力で収縮し、征一郎を上から下まで一気に締め上げた。

「く、うう……っ！」

腰椎《ようつい》を駆けあがる激しい射精感を、征一郎は奥歯を食いしばってかろうじてこらえる。

「ふ……う――。は、ああ……」

焦点を失ったうつろな視線をさまよわせ、霞は絶頂の余韻に身体を小刻みにふるわせていた。だがその内部で、まだ征一郎のものは猛々しい脈動を続けている。

「あっ……、あ、ま、また……。また、こんな――」

「また感じてる、かい？　霞の中はまだひくひくしてるよ……」

「あ――征一郎様、もう……もう、霞は……」

霞の身体が力をなくし、ぐったりと征一郎の胸へ倒れてくる。そのやわらかな重みを抱

きとめ、征一郎は片腕を支えに上半身を起こした。

「あ、きゃう……っ!!」

征一郎の膝の上にまたがるような恰好《かっこう》になった霞を、ウェストをつかんで一旦持ちあげ、裏返す。

「あ……っ、や、いや……。こ、こんな恰好——、恥ずかしい……です……」

うつぶせになり、腰だけを高く征一郎に差し出した獣のような姿勢に、霞は思わず身をよじった。けれどその動きですら、秘められた花を見え隠れさせて征一郎を淫らに誘う。

「霞——!」

しなやかな背中にのしかかり、征一郎は一気に霞を貫いた。

「あああんんっ!!」

霞が高く啼く。だがそこにはもう、苦痛の色はまったくない。甘く熱く、純粋な快楽だけを現している。

「ああっ、征一郎様、せい……ああっ、ああ、あああーっ!!」

背後から激しく突きあげる征一郎の動きに、霞は忘我の声をあげ続けた。その身は淫らに揺れ、男の動きにあわせてさらに快楽をあおる。

白い敷布の上を、さらに白い身体がのたうちまわる。征一郎はそれを力尽くで押さえつけ、さらに激しく突きあげる。深く、深く、さらに深く。骨と骨がぶつかって、音をたてるほどに。自分のすべてを叩《たた》きつける。

「いいぞ――霞。霞のここは……きつくて、熱くて、最高だ……！」

「う、うれしい……。うれしい、征一郎様……」

腰椎から眉間《みけん》まで白熱の快感が駆け抜ける。そのたびに征一郎は唸《うな》るような声をあげ、爆発するような激しい射精感を押し殺した。

まだ、だ。まだ、霞の中にいたい。この濡れて絡みつく、熱い肉の中に存在していたい。

「あああっ！　あんっ、ぁ、せ、征一郎様ぁっ!!　だ、だめ、こわれる……っ。こ、壊れてしまいます、霞の……あ、ああんっ!!」

激しさを増す征一郎の突きあげに、霞はさらに乱れ、とろけるような声で泣きむせぶ。

ぐちゃ、ぐちゃぐちゃ、とぬかるみをこねる水音のリズムが次第に切迫していく。征一郎の腰が霞の肌に叩きつけられるたびに、粘ついた熱い蜜《みつ》がはね飛び、二人の肌をべったりと濡らしていく。

もう慎しみも恥じらいも、ためらいも、ない。霞は征一郎の鼓動を、生命を、自分の身体のもっとも奥深いところで受けとめ、確かめる。

絶頂の予感とも言える小さな感覚のピークが、無数に霞の中を駆け抜けていった。

「ああっ！　あ、また――また、くる！　また、きちゃう……っ!!」

「俺も――俺も、もうイクよ……っ!!」

「ああ、せ、征一郎様っ！　だ、だめ、もう……せい、いちろ……ああっ！　あああっ!!」

二人のリズムが完璧に同調し、ひとつになっていく。

征一郎は霞のウェストをつかみ、乱れた花をめちゃくちゃに突きあげた。

「あああっ！　だめえっ、そ、そんな――はげし、ぃ……っ!!　あああああっ!!」

霞が泣き叫ぶ。

白い身体がびく、びくびく、と不規則に痙攣した。

「ああっ、い、いく！　いくぞ、霞っ!!」

「せ、征一郎さまあっ!!　好き、大好き――征一郎さまあああああっ!!」

そして、二人の快楽が同時に炸裂《さくれつ》した。

「ああ、熱い、あつ――あああああ……っ！」

霞のもっとも奥深いところに、征一郎の欲望がたたきつけられる。その一滴一滴が、霞のすべての神経を最後の快楽に共鳴させる。

やがてすべての力を失った二人の身体が、ゆっくりと敷布の中へ倒れ込んでいった。

征一郎は腕の中に霞を抱きしめた。霞も、すべてを征一郎に預ける。

最後のくちづけを交わす。

眠りの中に消えていこうとする意識の中、征一郎は霞のつぶやきを聞いた。

「幸せです……。霞は、幸せです――」

どのくらい眠っていたのだろう。

やがて征一郎が目を覚ました時、霞はそこにはもういなかった。

「霞……っ‼」

枕元には征一郎の衣服がきちんとたたんで揃《そろ》えられ、その下に、まるで隠すようにひっそりと、白い封筒が置かれていた。

『ご恩情を無にする霞を、どうぞお許しください。五月様といつまでもお幸せに』

わずかばかりの文章、懸命に筆の乱れを抑えようとした文字。かすかに涙の跡が見える。

「――霞ぃっ‼」

征一郎は手紙を握りしめ、離れを飛び出した。

香川邸には、人の気配はまったくない。

衣服を身につけるのももどかしく、屋敷を飛び出す。電車と人力車を乗り継ぎ、征一郎は東京の間宮家の本宅へ向かった。

だがそこでも、征一郎を出迎えたのは、年老いた執事ただ一人だった。

「霞はもう、ここにはおりません。行き先も、征一郎様にだけはけして告げてくれるなと、言われております」

実際の年齢以上に深いしわを表情に刻み込み、巽吉は言った。

「どうか――どうか、征一郎様。あの娘の気持ちを少しでもお考えくださるのなら、追わないでやってください。何も言わずに出ていった霞の気持ちを……どうぞ、わかってやってくださいませ！」

「巽吉……」

苦悩の表情に、かすかに光るものが浮かんでいる。

征一郎は初めて知った。この家で、間宮家で、自分がどれだけの人々に愛されてきたか。

たとえ父親には見捨てられても、ここには自分を包んでくれる優しい手があったのだ。そしてその優しさに、自分が何一つ応えようとはしなかったことにも、征一郎はようやく気づいた。

「すまない……じい。俺のわがままで――」

この年老いた執事の、たった一人の家族を、自分は失わせてしまったのだ。

「いいえ。ただ――霞のことを、少しでも哀れとお思いくださるのなら……どうか、どうか香川様のお嬢様と、末永くお幸せになってくださいませ――」

「ああ……。忘れないよ、じい」

征一郎は老執事の肩に手を置き、うなずいた。

やがて戻ってきた五月は、霞が姿を消したことに気づいても、

「いいの。何も言わないで、征一郎」

自分から征一郎の唇を指先で抑えた。

「大丈夫よ。私は、何があっても征一郎を信じてる。たとえどんなことがあっても……征一郎は私を――誰かの心を傷つけ、踏みにじるような人じゃない」

「五月……」

五月は微笑んだ。その笑みで、瞳で、征一郎を包み込む。

「何があったのか、無理に忘れる必要もないよ。ただ――」

「ただ？」

「ただ……信じていようね。私たちがお互いに幸せになることが、みんなにできる精一杯の恩返しなんだって」

透明な笑顔。まっすぐに征一郎を見つめる。これ以上、互いに何も言葉はいらないと、その瞳が告げていた。

「――五月……！」

征一郎は、五月を胸に抱きしめた。五月も、征一郎の背へ腕をまわし、彼を抱く。

この胸の焼けつく痛みを、五月は共有してくれる。これから、ずっと。

空は次第に高さを増し、暑かった夏も、ようやく終わりを迎えようとしていた。

第6章　紅染月《べにぞめづき》

「間宮家からの結納の品でございます。幾久しくお納めくださいʼ」

「幾久しくお受け取りいたします」

二列になった人々の間を、仲人の手を介して儀式どおりの七品目がやりとりされ、互いに深々と頭をさげる。

香川家の客間。床の間には鴛鴦《えんおう》の掛け軸が飾られ、厳かな中にもめでたさを現す。

征一郎はいつもどおり背広にネクタイの洋装だが、五月は正月以外見たことのなかった振《ふ》り袖姿《そですがた》だ。ほんのりと紅潮したほほに、緊張が浮かんでいる。きゅっと唇をかみしめたその表情を、征一郎はいじらしいと思った。

向かいあって座る二人の両脇には、それぞれの親族が並ぶ。だが、征一郎の側に座るのは、間宮家本宅の執事である巽吉老人一人きりだ。父である間宮平蔵の姿はない。

本当は一番、この日を見届けてもらいたかった人物も……ここには、いない。

親族固めの杯がまわされ、結納は淡々と儀礼通りに進んでいった。

やがて静かに流れ出す「高砂《たかさご》」。

外の日ざしはすでに傾き、庭の樹木もわずかに色づき始めた秋の午後だった。

「なんか疲れちゃったね。結納なんてたいしたことないって思ってたのに、やっぱり緊張したみたい……」

　今までは征一郎の私室に当てられていた、香川邸の離れ。そこに今、征一郎と五月は二人きりの時間を過ごしている。今夜からはここが若夫婦の寝室となるのだ。

　結納の時に着ていた振り袖は帯を解き、薄い夜着にしごき帯姿で、五月は畳の上に両脚を伸ばして座っていた。

　少しだけ開いたふすまの向こうには、香川邸に昔から仕えていた女中頭が用意してくれた寝床が――二つ並んだ枕が見えている。

「大丈夫か？　もう平気。五月」

「うん、もう平気。征一郎こそ大丈夫？」

　結納の後は親族お披露目の宴が催された。新婦の五月がまだ女学生なので、披露もごく内々にということではあったが、それでも一〇畳の座敷は来客でいっぱいだった。その中で新郎の征一郎には祝いの献杯が続き、断ることもできなかったのだ。

「俺は平気さ」

　この宴で、征一郎は正式に香川家の人間となった。書類上の入籍は五月の女学院卒業を待ってということだが、征一郎の扱いは今夜を境に、客人から香川家の婿としての、香川家の一員としてのそれになる。

　正式に入籍した暁には、親族だけではなく香川家と仕事上のつきあいがある人々なども招いて、今日以上の盛大な披露宴が開かれることになるだろう。

「五月は本当に良かったのか？　結納だって入籍と同じく卒業してから、ということにだってできたんだ。こんなに急ぐことはなかったんじゃないのか？」

「ううん、いいの」

五月は征一郎を見あげ、にっこりと笑う。

「だって私、少しでも早く征一郎のお嫁さんになりたかったんだもの」

「五月……」

「征一郎こそ、良かったの？　先生の仕事、辞めちゃって……」

「いいさ。最初から一年間限りという約束だったんだ」

港の丘女学院での征一郎の臨時教員の仕事は、八月いっぱいで終了している。今後は、征一郎も香川家の一員として、当主であり義父ともなる香川征十郎の仕事を手伝ってゆくことになるだろう。

教師としての日々は、充実して、楽しかったと征一郎も思う。今までろくに働いたこともなかった征一郎にとって、新しいことばかりだった。

巴里《パリ》や倫敦《ロンドン》にいたままでは、けして得ることのなかった、かけがえのない時間。征一郎に出会い、女学生たちが大きく成長していったように、征一郎もまた、この一年間で生まれ変わることができた。そう、信じている。

痛みを伴うこともあった。けれどその痛みから逃げていては、何も解決しない。痛いこと、苦しい思いと正面から向きあわなければ、どんな問題もけして乗り越えられないのだと、征一郎はこの一年間で初めて学んだのだ。

——それをはっきりと教えてくれた人は、もうここにはいないのだが。

勤務最後の日には、教え子たちから征一郎に彼の肖像画が贈られた。まだ自宅療養中の長篠宮椿までが登校し、この不慣れな教師との別れを惜しんでくれたのだ。その肖像画は、征一郎の人生にとって二つ目の大切な宝物になるだろう。

けれど今日からは、さらに新しい日々が始まるのだ。

何もせず、何も見ずに甘ったれていた自分と、決別する時が来た。征一郎はそう自分に言い聞かせ、あらためてまっすぐに五月の瞳《め》を見つめる。

「俺は、満足しているよ。これで良かったんだと思ってる」

「そう……。征一郎がそう思ってくれてるなら、いいの。私もうれしい」

座って、と五月は征一郎の手を引いた。

言われるままに征一郎は、五月の前に腰を下ろす。

五月も居ずまいをただし、正座して征一郎と向かいあった。

しなやかな指が、すっと畳の上に降りた。

「ふつつか者でございますが、どうか末永くお慈しみくださいませ」

「さ、五月――！」

黒髪に包まれた頭が、征一郎の前に深く垂れた。

突然の言葉に、征一郎はとまどう。

「五月、手をあげてくれ。……らしくないぞ、そんな台詞」

「ふふっ……やっぱり？　征一郎もそう思った？」

五月は顔をあげ、いたずらっぽくくすくすっと笑った。

「でもね、こういうことは最初にきちんと言っておかなくちゃって、思ったの」

「言われなくたって俺は、一生、五月を大事にするさ。――いや、どうか愛想を尽かさないでくれ、とお願いしなきゃならないのは、むしろ俺のほうだろう」

「えー、そうなの⁉」

ようやくにぎやかな笑い声が、離れに満ちた。

「ねえ、征一郎……。私、がんばるね」

「――何をだい？」

「全部。毎日のこと、全部。私、征一郎の立派な奥さんになれるようにがんばる。だから……」

「いいんだ、無理しなくて。五月は今のままでいい」

「でも……」

「五月には、今のままでいてほしいんだ」

「征一郎――」

征一郎は膝立《ひざだ》ちになり、五月の肩をそっと抱き寄せた。

五月はこのままでいてほしい。その笑顔で、澄んだ瞳で、俺に勇気をくれた。そのままの純粋な五月で。

「本当に良かったのか、五月。俺なんかで……」

胸の中で、五月が小さく笑う気配がする。どうしてそんな、分かり切ったことを訊《き》くの？とでも言うように。

「私、征一郎のお嫁さんになりたかったのよ。ずっと、ずっと昔から……征一郎だけのお嫁さんになりたかったんだもの」

昔から――あの日から。銀のロケットペンダントに互いの面影を閉じこめて、交換した、あの幼い想い出の時から。

五月がそっと征一郎を見あげる。ほっそりしたしなやかな手が、征一郎のほほに触れた。

「私を……本当の征一郎のお嫁さんに、して――」

五月の重みがやわやわと征一郎の胸にもたれかかってきた。

花びらのように紅い唇がかすかに開かれ、征一郎を待っている。そこに吸い寄せられるように、征一郎は唇を重ねた。

五月の唇は、優しく、甘い。

「征一郎……」

腕の中のあたたかな身体を、征一郎は力を込めて抱きしめる。

五月のかすかなふるえが、征一郎の手にも伝わってきた。

「大丈夫だよ」

小さな子供をなだめるように、そっと背中をなでて。

「怖がらないで」

「うん……」

そのまま征一郎は五月をうながし、立ちあがった。隣の間へ続くふすまを開ける。

二つ並んだ枕。敷き布団の下に隠すように白い花紙が置かれているのは、長年、母のように五月を見守ってきた女中頭の心遣いだろう。

やわらかな布団の上に膝をつき、あらためて征一郎は五月を見つめた。

長い黒髪が肩から背中へ、滝のように流れ落ちている。伏せたまつげがふるえ、五月が未知の経験に対する恐怖と必死に闘っているのが、はっきりと見てとれた。

日頃は勝ち気で男まさりとも見える五月が、こんな初々しい表情を見せるのは初めてだ。

それがなおさら愛しさをつのらせる。

「大丈夫だ。五月を傷つけるようなことは、絶対にしない」

もう一度ささやいて、征一郎は五月を抱き寄せる。

薄い夜着の衿《えり》にそっと手をかけ、肌をすべらせるように脱がせていく。

夜目にも白い肌が、徐々にあらわになっていく。

そのふるえる肩先に、征一郎はそっと唇を押し当てた。

「あ――」

「怖がらないで。じっとしてるんだよ」

さらに衿を開き、しごき帯をほどく。布地の奥から、真っ白な胸のふくらみがこぼれ落ちてきた。

その頂点で薄紅色の突起がふるふると揺れ、征一郎を誘っている。迷わず、征一郎はそこに唇を寄せた。

「あっ……。あ、せ、征一郎……」

「ここ――どう？　気持ちいい？」

乳首を口に含んだまま、舌先で転がすようにして、征一郎は言葉をしゃべる。そのわずかな振動に、五月は身をこわばらせ、眉《まゆ》を寄せた。

「あ、あ……。な、なんか、それ――」

「気持ちいい？」

五月は重ねての問いかけには答えられず、小さくうなずくのが精一杯だった。

帯が完全にほどかれ、五月の肌がすべてあらわになる。

五月の裸身は、思ったよりもずっとか弱く、小さなものに見えた。

はかなく――とても美しい。

まるい胸のふくらみはまだ少女の蒼《あお》さを残し、わずかな愛撫《あいぶ》で濃桜色に染まった二つの乳首がいじらしいほどだ。なだらかな腹部とそこから秘めやかな陰りに続くライン、張りつめた腰と両脚。

何もかもが美しく、いとおしいと、征一郎は思った。

「五月」

大切にするよ、と声にならない声でささやく。

それに答えて、五月が小さくうなずいたような気がした。

もう一度キスをしながら、ゆっくりと全身を重ねていく。

わずかに開かれた朱唇の隙間《すきま》から、するっと舌先を滑りこませ、五月の奥深くをさぐってゆく。それと同時に右手は胸のふくらみにかかり、全体をやわらかく揉《も》みしだいた。

「あ……っ、あん――」

キスの合間に、かすかに甘い声が漏れる。

征一郎はキスをすべらせ、五月のあごから首すじ、鎖骨へと濡《ぬ》れた唇を押し当てていった。時折り強く吸いついて、赤い跡を残す。

「あ、征一郎……っ！」

五月の腕が征一郎の頭に巻き付き、自分の胸元へ強く抱き寄せた。

乳房へ軽く愛撫の跡を刻みつけながら、征一郎は右手をそっと五月のウェストから腰のラインに沿って降ろしていった。やがて指先が、まだ固く閉じられたままの秘所にたどり着く。

「――あっ！」

五月の小さな悲鳴。さきほどよりも少しトーンがあがったようだ。

「そ、そこは、まだだめ……っ」

「大丈夫だよ。じっとしてるんだ」

五月が脚に力を込め、拒もうとするのを、征一郎は強引に指先を秘所へ割り込ませた。

「あ……んっ！」

ようやくすべり込んだそこは、ほのかな湿り気をたたえていた。

自分ですらあまりさわったことのない恥ずかしい場所に、男の指が無遠慮にさわっている。その事実に五月が慣れるまで、征一郎はそのまましばらく何の動きもしなかった。

だが、やがて五月の身体から少しずつ力が抜けていく。

征一郎はゆっくりと、指先を奥へ差し入れた。

「あ――！」

一本、二本――五月をおびえさせないよう、優しく静かに、指を侵入させていく。その指先をなめらかな肉の花びらが、まるで吸い付くような感触で包み込んだ。

次第に、征一郎の指が大きくうごめき出した。大胆に五月の形を探り、隠れていた小さな快楽の中心を捜し当てる。

「くぅんっ！」

五月の身体が、びくんと大きく跳ねた。

指で充分に探索した部分に、征一郎は唇を押し当てる。舌先をとがらせ、指でかき分けた花びらの奥を軽くつつく。すると五月は切れ切れに悲鳴をあげ、四肢を引きつらせた。

「ああっ！　あ、そんな――そんなぁっ！　だ、だめ、征一郎、あ、ああんっ！」

「だめじゃないだろう？　ほら……こんなに濡れてるよ、五月のここ――」

「だ、だって……ああっ！　ああんっ!!」

唇に熱い滴りを感じる。濡れた奥から立ちのぼる、五月の匂《にお》い。

「五月――もう、いいかな……」

ふと五月の耳元に唇を寄せ、ささやいてやると、わずかにうなずく気配がした。

五月の脚を開かせ、ゆっくりと身体を重ねていく。

「あ……あ、ああ――っ。ああ……!!」

灼熱《しゃくねつ》の切っ先が、何も知らなかった部分に侵入してくる。その激しい感覚に、五月は思わず悲鳴をあげた。

本能的に逃げようとする身体を抱きしめ、征一郎はさらに自分を押し進める。

「あああ――っ!!」

抵抗する熱い肉をかきわけ、押しひしぎ、猛《たけ》りたった征一郎が五月の中にめり込んでいく。

圧倒的な質量が侵入し、それに押し出されるように、五月の中からあらたな蜜《みつ》があふれ出した。

やがて――

「はいった……よ。ほら――全部、五月の中に……」

「あ……。せ、征一郎が……」

「つらく、ないか?」

「ん……ううん、大丈夫……」

五月はきつく詰めていた息を、ゆっくり大きく吐き出した。言葉どおり、その表情にはあまり苦痛の色は見られない。

征一郎が侵入した時も、充分に濡れそぼっていたせいだろうか、それほど抵抗感はなかったように思う。日頃から弓道で培った柔軟な筋肉がしなやかに広がり、苦痛を和らげているのかもしれない。これなら、初めてでも五月につらい思いをさせずにすみそうだ。

「動くよ――」

征一郎はゆっくりと身体をスライドさせ始めた。

「あん……。あ、ああ……せ、せいいち、ろ……っ」

そのとたん、五月の唇から切なそうな吐息とかすれた声がこぼれた。

「あっ、あ……。くぅ、ん……っ！」

「痛いのか？」

「ち、違うの……。少し、痛い、けど……でも――でも、何か……っ！」

思い切って奥を突きあげると、五月はあ、と悲鳴をあげ、征一郎にしがみついた。思わず征一郎が動きをとめると、

「や、やめないで、征一郎……っ！　な、何か、私……あ、ああ！　ああんっ!!」

うわずった声と稚拙な言葉で快楽の動作をうながす。おそらくは無意識の動作なのだろう、白い両脚を自分から征一郎の腰に絡めてくる。

最初はぎこちなくこわばっていた五月の身体も、少しずつ征一郎の動きに馴染《なじ》み始める。

次第に激しくなっていく注挿のリズムに、戸惑いながらも同調し、腰を揺らす。

「あ……。い、いっぱい――。征一郎が、わ、私のなかに、いっぱい、なの……！」

征一郎ももう、自分を抑えられない。熱く狭い肉の襞にくるみ込まれ、しごかれる悦《よろこ》びを夢中で追いかける。

「大丈夫か、五月？」

「ん、うん……。だ、大丈夫――」

五月は自分から腕をまわし、征一郎の背中を抱きしめた。

「もっと……きて。いっぱい――して。私のこと、みんな、みんな……征一郎のものに、して……」

「五月――！」

征一郎も強く五月の身体を抱きしめる。

そのまま、五月の腰をささえ、大きく突きあげた。

「あああんっ!!」

一旦、ぎりぎりまで自分を引き抜き、再び根本まで一気に五月の中へ埋没させる。同じことを何度も何度も繰り返す。そのたびに少しずつ抜き挿しのリズムが早まってゆく。

あふれだした蜜が、二人の肌が離れるたびに半透明の淫《みだ》らな糸を引く。

「ああっ！　あ、ああっ、せ、征一郎、ああんっ！　い、いいの、とても……いいっ！」

「く、ううっ！　五月――五月！」

征一郎はいったん身体を離し、五月の身体を横向きにさせた。

「え……？」

とまどう五月に、自分がどんな姿勢をさせられるのか気づく隙を与えず、しなやかな膝をつかんで片脚を大きくあげさせる。

そのまま征一郎は、再び自分自身を五月の中に突き入れた。

「は、あああっ！」

五月は悲鳴をあげ、身をよじる。

二人の脚が入れ違う形に交差し、結合する部分がさらに深く重なりあう。そのまま五月の片脚を自分の肩で支え、征一郎は激しく身体を突き動かした。

「ああっ！　あ、ああんっ‼」

先ほどよりももっと深く、強く、突きあげられ、五月は泣き声をあげる。征一郎が動くたび、熱い奥底をゆすられると同時に、淫らな花全体を征一郎の下腹部に強くこすられ、泣かずにはいられないのだ。

もう、自分がどれほど淫らなけものじみた姿態をとっているのか、今の五月には考えることすらできない。ただ、襲ってくる快楽に身体を波打たせ、甘い声をあげ続ける。

「こ、こんな、ああっ！　あ、ああんっ‼　あ、当たってる……っ！　征一郎が、お、奥に、当たってる、の……っ‼」

五月は、おそらく無意識のうちなのだろう、普段ならけして口にしない淫猥《いんわい》な言葉を巻き散らした。それがまた、征一郎の欲望をかき立てる。

締め付けてくる熱い肉、濡れた淫らな音が響く。固く閉じられた五月のまぶたには、う

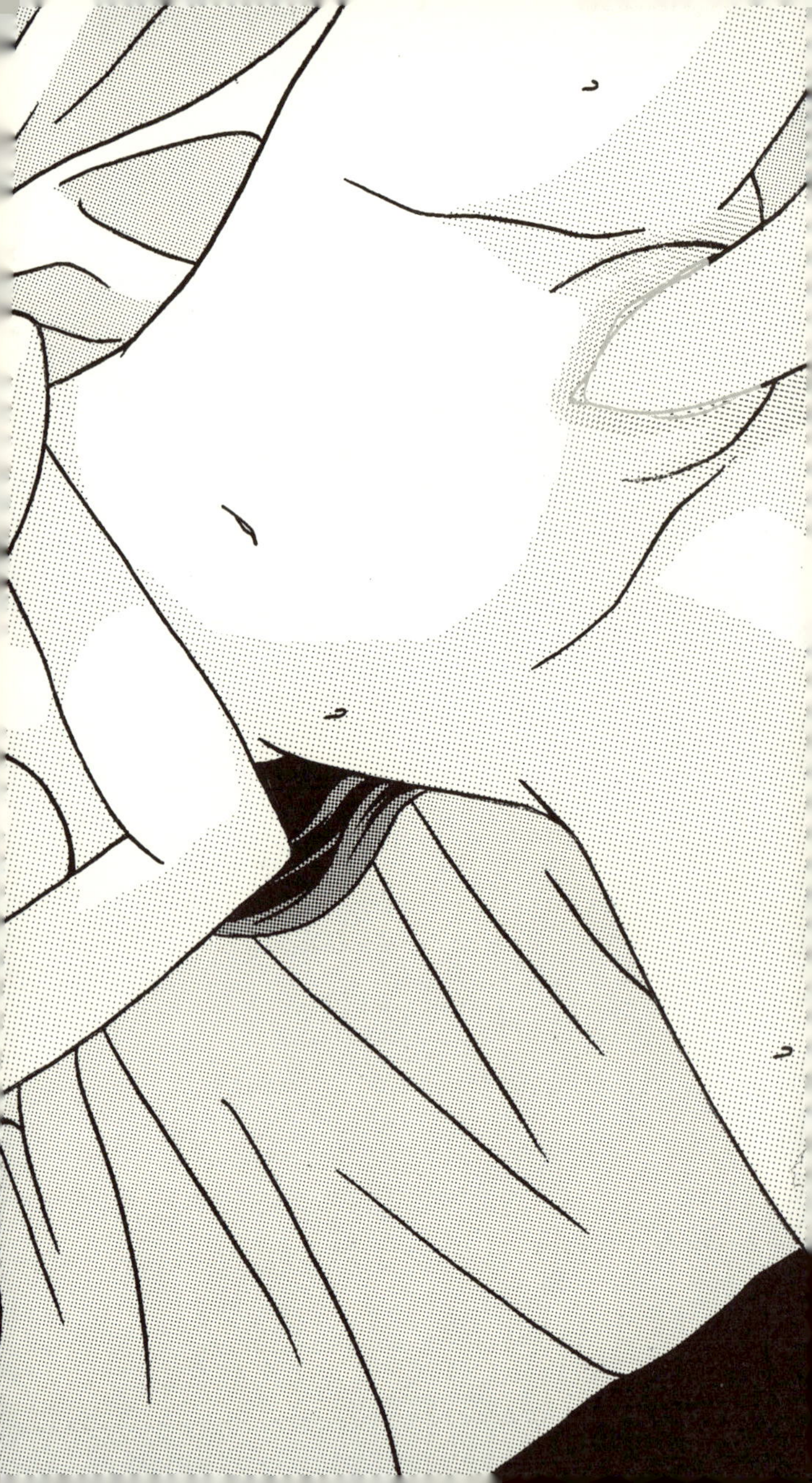

っすらと涙がにじんでいる。白い肌が桜色に火照り、甘い汗のにおいが征一郎の頭の芯《しん》までしびれさせる。

「あ……こ、こんな——！　こ、こんな……ああっ！　だ、だめ、私……、ああっ!!」

征一郎の呼吸も乱れてくる。

突きあげられるリズムにあわせて弾む乳房をつかみ、指の痕《あと》が残るほど強く揉みしだく。膝立ちになり、体重をかけてさらに深く深く、五月を貫く。二人の肌がぶつかりあい、高い破裂音に似た響きをまき散らす。

「ああああっ！　せ、征一郎っ！」

「五月——！　ああっ、そ、そんなに締めつけたら……。俺も、イキそうだ……!!」

「い、いいの、きて……！　きて、もっと……！　征一郎!!」

「ああ、いくよ——もう、俺も……」

「ああんっ！　あ、だめ——だめっ！　もう……あ、ああああっ！」

二人の動きが完全にシンクロし、同じひとつの悦びとなっていく。別々のものであった肉体が溶けあい、ひとつの命に変じてゆくその瞬間。

火花が散る。

目の前に、快楽の虹が踊っている。

「あ——五月ぃっ!!」

「せ、せいいち、ろ――征一郎っ！　私、い、いく、いくぅっ!!　ああっ、ああ、あああ――っ!!」

灼熱の欲望が噴きあがり、五月のもっとも奥深いところに叩《たた》きつけられた。

そして二人は、同時に快楽の頂点ではじけ散った。


やがて征一郎は、浅い眠りからふと目をさました。

そんなつもりはなかったのに、やはり少しうとうとと眠っていたらしい。汗に濡れた身体も、今は冷えている。

ふと横を眺めると、同じように五月が安らかな寝息をたてている。

五月――こんなにまつげが長かったのか。改めて、そんなことを思ってしまう。

こうして目が覚めた時、一人ではない。そばに愛する人がいてくれる。どこにも行かず、ずっと自分のそばに寄り添っていてくれる。

それこそが、自分の求めていたものなのかもしれない。征一郎は、ふと思った。

いつも、どんな女を抱いていても、最後には彼女たちは征一郎のそばを離れ、別のところへ行ってしまった。後に残されるのはただ、埋めきれない孤独と喪失感だけ。

けれど、もうそんな想いはしなくていい。

征一郎はそっと、乱れた五月の前髪をなでつけてやった。

ふと、五月のまつげが揺れた。

半透明のまぶたがゆっくりとあき、澄んだ瞳が征一郎を映す。

「……どうしたの？」

少しかすれる声で、五月が言う。

「いや――。何でもないよ」

五月は静かに右腕をさしのべた。そのまま征一郎の肩に手をかけ、抱きよせる。

言葉はなかった。けれど伝わるものがある。

ここにいるよ――私はずっと、ここにいるの。征一郎のそばにいるの。

互いの胸元には、銀色のロケットペンダントが揺れている。

たとえどれほど異国をさすらっても、どんなに多くの女の肌を通りすぎてきても、征一郎はけしてこのペンダントだけは手放さなかった。これだけが、征一郎の中でただ一つ、汚れないものだったのだ。

そこに封じられた想い出。あの遠い記憶の日。

誰からも愛されず、実の親からも見捨てられたひとりぼっちの幼い子供に、さしのべられた暖かな手。人のぬくもりを教えてくれた、小さな優しい手。

一度はそれも奪われてしまったと、思った。もう二度と手に入れられないと、この身にふれ、優しく髪をかきあげてくれることはない、と。

けれど今、あの手はここにある。征一郎のもっとも近くに。

征一郎を受け入れる、この腕。このあたたかさ。これが、征一郎の求め続けていたものだった。世界中の誰に拒まれても、この優しい手だけは、自分を受け入れてくれる。

だから――守ろう。この暖かさを、優しい手を。もう二度と離さずに。この手がけして傷つくことがないように、涙に濡れることがないように。守り続けよう。自分のすべてをかけて。

「五月……」

征一郎は自分から五月を抱きしめた。

「大好きよ、征一郎。ずっと……ずっと、大好きよ――」

「俺も……愛しているよ。大事な奥さん」

その言葉に、くすくすっと、小さく五月が笑う。

けれどやがてその笑みは、しっとりとした口づけの中に溶けて消えていった。

互いの手が、互いの肌をさぐり、抱きしめる。

やっと帰ってきた。一番大切な場所へ。

もうどこへも行かない。

この幸福を、二度と手放しはしない。

この時のために、涙を流した者がいたことも、二人、けして忘れはしない。彼女の涙を無にしないためにも。この手は絶対に離さない。

そのまま二人は、互いのぬくもりと鼓動を確かめるように、静かにいだきあっていた。

エピローグ

そして時間はゆっくりと流れていった。

五月の女学院卒業を待って執り行われた結婚式は、まだ珍しい洋装での式だった。五月が身を包んだ舶来のウエディングドレスは、倫敦《ロンドン》の間宮平蔵が贈ったものだ。弥生の空に投げられたウエディングブーケに、女学校を卒業したばかりの少女たちは、明るい歓声をあげていた。

それから間もなく五月は懐妊し、九ヶ月後、香川家に新しい家族が加わることとなった。

そして今、香川家の離れにはにぎやかな声が満ちている。

「はーい、いい子ねー。ほーら、お祖父《じい》ちゃまからのおみやげですよぉ」

五月が生まれたばかりの小さな娘を腕に抱き、おもちゃを振ってあやしている。振ればからからと可愛《かわい》い音をたてるおもちゃも、フリルとリボンに飾られた可愛らしいベビー服も、出産祝いに平蔵が倫敦から贈ってきた舶来ものだ。港の丘の街でもさすがにこれはまだ珍しい。

香川征十郎も、初孫の誕生に顔中のしまりがなくなるほど喜んでいたが、間宮平蔵にとってもやはりこの子は可愛い可愛い孫なのだろう。港の丘港に外国航路の船が到着するたびに、倫敦からの贈り物が香川邸の離れに積みあげられていった。

「あら？　何を見てるの、征一郎？」

「ん——ほら。去年のアルバムだよ」

征一郎は膝《ひざ》の上に広げた大きなアルバムを、五月のほうへ示した。

白いページの上に、モノクロームの写真が何枚も丁寧に並べられている。征一郎が港の丘女学院の教員であった頃の、さまざまな風景がそこには収められていた。

「わぁ……なつかしい」

五月も娘を抱いたまま、征一郎の手元をのぞき込む。

「あ、これ、みんなでお花見した時の写真ね。——綺麗《きれい》だったわね、恩賜《おんし》公園の桜……」

「ああ、そうだな」

「こっちは美術室ね。いつ撮ったの、こんな写真」

女学生たちが神妙な顔つきで静物の写生に取り組んでいる一枚を指さし、五月は笑う。

「やぁだ、征一郎ったら、なんだかヘンな顔してる！」

「そうか？」

「そうよ。もしかして、この時、眠かったんじゃないの？」

「いや、そんなことは……」

笑いさざめきながら、五月はアルバムをめくってゆく。

そこに、椿がいる。彩菜がいる。柚子がいる。

そして……霞。

霞はいつもフレームの片隅に、ひっそりと収まっている。けれどその視線は常に征一郎のほうへ向けられていた。そのことに、征一郎は今さらながらに気づいた。

それは――けして戻ってこない、幸福の時間。

このアルバムの光景は、五月にとって光に満ちた大切な想い出であると同時に、征一郎にとってもまた、かけがえのなかった時間でもあるのだ。

――青春、であったのだと、思う。五月にとっても、自分にとっても、また。あの美しいレンガ造りの女学院で過ごした日々は、もう二度と得ることのない若い日々だった。

苦しい思いをした。誰かを傷つけ、そのことでさらに自分も傷ついて、やりきれない思いばかりを積み重ねてきた。

けれどその痛みがあるからこそ、今のこの幸せの重みも、理解できるのだと思う。

二度と帰らないこのセピア色の日々があったからこそ、自分は本当の自分を知ることができた。もっとも求め続けていたものを、探しあてることができた。

征一郎はそっと、指先で写真の上をなぞってみた。

――霞。

そこにある、優しい笑顔。征一郎にのみ向けられた、あの暖かく包み込むような、それでいてほんの少しどこかに淋《さび》しさを秘めた、霞の笑顔。

ありがとう。

声には出さずに、つぶやいてみる。

ありがとう、霞。

そんな言葉しか言えない自分が、ひどくもどかしく、情けないけれど。

だけど、霞。本当にありがとう。お前がいたから、俺はきっと生きていられた。もしもお前がいなかったら、俺は五月のことも素直に愛せず、ひどく傷つけ、裏切ってしまっていたかもしれない。

何もかも、お前が教えてくれたんだね。

ありがとう、霞。俺は今、幸せだよ。

その指に、ふと、五月の指が重ねられる。

五月の瞳が、征一郎を見あげていた。

腕の中では、幼い娘が可愛い寝息をたてている。

失われた時間はけして戻ってはこない。けれどここには、確かな幸福がある。失われたものがあるからこそ、今、手にしているこの幸せが、本当に大切なのだと理解できるのだ。

そのことを、写真の中の少女は、今も征一郎に語りかける。

どうかそのお手を離さずに。二人寄せあったぬくもりを、けして見失わずに。征一郎様のお幸せが、私の幸せです。

その言葉を、征一郎はけして忘れない。

征一郎はそっと五月の肩を抱き寄せた。五月も黙って、彼の肩に頭をもたせかける。

アルバムの中では、切り取られたセピア色の時間の中で、少女たちが永遠の微笑を浮かべていた。

あとがき

みなさま、初めまして。此花咲耶でございます。

パラダイムノベルスでは初めてのお仕事ということで、いささか緊張もいたしましたが、「アルバムの中の微笑み」、無事にみなさまのお手元にお届けすることができました。

いや〜、しかしまいった。実はこの原稿の執筆中、それもいよいよ最後の追い込みって時に、ひっどい風邪をひいてしまいまして……。編集スタッフの皆さんにもお友達にも、思いっきり迷惑をかけてしまいました。ごめんなさい。

ま、そんなこんなでどうにか上梓となったわけですが、今回はちゃんとゲームをプレイして、詳しい資料もいただいてから執筆させてもらいましたので、かなり本編に沿ったお話になっていると思います。なんせ他社でやらせていただいたゲームノベライズは、もらった資料はデータ化けで一切読めず、ゲーム雑誌の紹介記事だけが頼りだったしなあ……。

この小説を読んで、霞ちゃんがあまりにも可哀想だとお思いになった貴方。どうぞゲームをプレイして、貴方自身が霞ちゃんを幸福にしてあげてください。

それでは、またお目にかかれることを祈りつつ——。

此花咲耶　拝

追伸　コミケ等には「コマチくらぶ」というサークル名で参加してます。必ず此花本人がおりますので、良かったら遊びに来てね。待ってます

アルバムの中の微笑み

2000年2月10日 初版第1刷発行

著　者　此花 咲耶
原　作　Cure cube
原　画　逸架ぱずる

発行人　久保田 裕
発行所　株式会社パラダイム
〒166-0011 東京都杉並区梅里2-40-19
ワールドビル202
TEL03-5306-6921 FAX03-5306-6923

装　丁　林 雅之
制　作　有限会社オフィスジーン
印　刷　株式会社シナノ

既刊ラインナップ

1 悪夢 ～青い果実の散花～
原作:スタジオメビウス

2 脅迫
原作:アイル

3 痕 ～きずあと～
原作:リーフ

4 慾 ～むさぼり～
原作:May-Be SOFT TRUSE

5 黒の断章
原作:Abogado Powers

6 淫従の堕天使
原作:DISCOVERY

7 Esの方程式
原作:Abogado Powers

8 歪み
原作:May-Be SOFT TRUSE

9 悪夢 第二章
原作:スタジオメビウス

10 瑠璃色の雪
原作:アイル

11 官能教習
原作:テトラテック

12 復讐
原作:クラウド

13 淫Days
原作:ルナーソフト

14 お兄ちゃんへ
原作:ギルティ

15 緊縛の館
原作:XYZ

16 密猟区
原作:ZERO

17 淫内感染
原作:ジックス

18 月光獣
原作:ブルーゲイル

19 告白
原作:ギルティ

20 Xchange
原作:クラウド

21 虜2
原作:ディーオー

22 飼
原作:13cm

23 迷子の気持ち
原作:フォスター

24 ナチュラル ～身も心も～
原作:フェアリーテール

25 放課後はフィアンセ
原作:スィートバジル

26 骸 ～メスを狙う顎～
原作:SAGA PLANETS

27 朧月都市
原作:GODDESSレーベル

28 Shift!
原作:Trush

29 いまじねいしょんLOVE
原作:U・Me SOFT

30 ナチュラル ～アナザーストーリー～
原作:フェアリーテール

31 キミにSteady
原作:ディーオー

32 ディヴァイデッド
原作:シーズウェア

33 紅い瞳のセラフ
原作:Bishop

34 MIND
原作:まんぼうSOFT

35 錬金術の娘
原作:BLACK PACKAGE

36 凌辱 ～好きですか?～
原作:アイル

37 My dearアレながおじさん
原作:ブルーゲイル

38 狂＊師 ～ねらわれた制服～
原作:クラウド

39 UP!
原作:メイビーソフト

40 魔薬
原作:FLADY

41 臨界点
原作:スィートバジル

42 絶望 ～青い果実の散花～
原作:スタジオメビウス

43 美しき獲物たちの学園 明日菜編
原作:ミンク

44 淫内感染 ～真夜中のナースコール～
原作:ジックス

45 My Girl
原作:Jam

〈パラダイムノベルス新刊予定〉

☆話題の作品がぞくぞく登場！

77.ツグナヒ

ブルーゲイル原作
大倉邦彦　著

　たった一人の家族・妹の奈々が輪姦され、ショックから植物人間に。妹の敵をとるために、犯人の娘たちに近づき、陵辱するが…。

80.HaremRacer《ハーレムレーサー》

Jam　原作
高橋恒星　著

　レースドライバーの主人公は、彼女イナイ歴24年。女の子に接触しようとがんばった彼は、レースにも勝ち続けてモテモテに！

81.絶望～第三章～

スタジオメビウス　原作
前薗はるか　著

　亡霊として復活した紳一が、名門聖セリーヌ学園の少女たちを陵辱！　犯し続けてなお欲望が満たされない紳一の、最後の標的は…。

2月

82.淫内感染 2
～鳴り止まぬナースコール～

ジックス　原作

平手すなお　著

　城宮総合病院で繰り広げられる、看護婦たちの饗宴はまだ終わらない。坂口と奴隷たちとの、淫靡な夜…。

83.螺旋回廊

ru'f　原作

　新ブランド「ru'f」の話題作が登場！　インターネット上で繰り広げられる、不可思議な体験。レイプ情報専門のホームページで見つけた秘密とは…?

Now Printing

3月

3月

84.Kanon
～少女の檻～

Key　原作

清水マリコ　著

『Kanon』第３弾。祐一の先輩・舞は、夜な夜な学園の魔物と戦い続けていた。彼女だけが見える敵とは？

PARADIGM NOVELS シリーズ情報！

Kanon

―カノン―

雪降る街の、
5つの
ラブストーリー

Next Story: **Mai Kawasumi**

2000. 3.

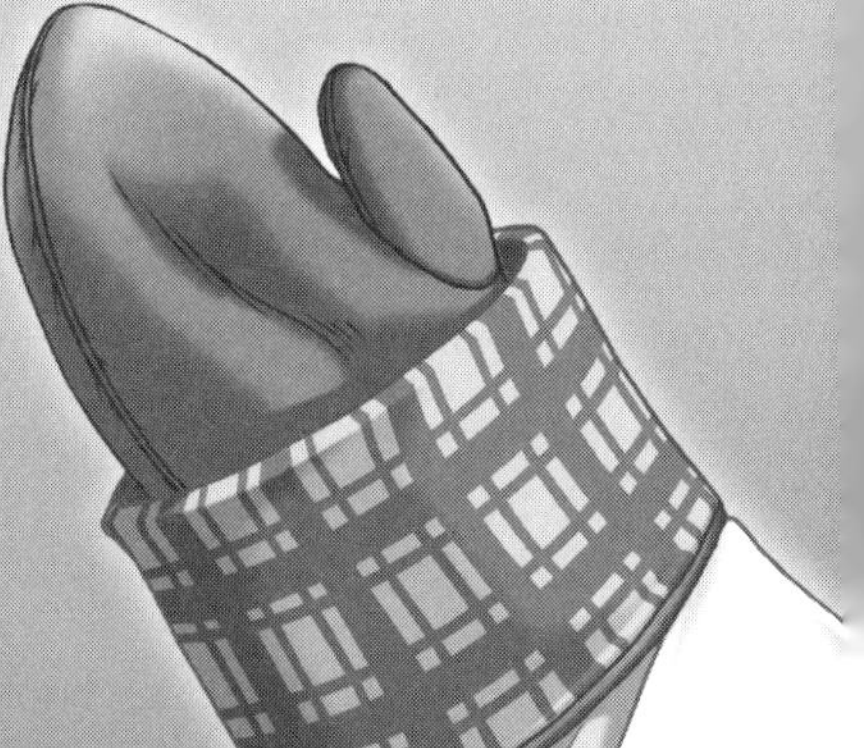